好きな子にフラれたが、後輩女子から
「先輩、私じゃダメですか……？」
と言われた件
柚本悠斗 illust. にゅむ

まるで会場を支配するように、生徒たちが
雨宮《あまみや》先輩の演技に魅了されていく。
「見つけた……」

「このお洋服どうですか？」

「いいじゃん。似合うと思うよ」

雨宮楓
（あま　みや　かえで）

成瀬鳴海
（なる　せ　なる　み）

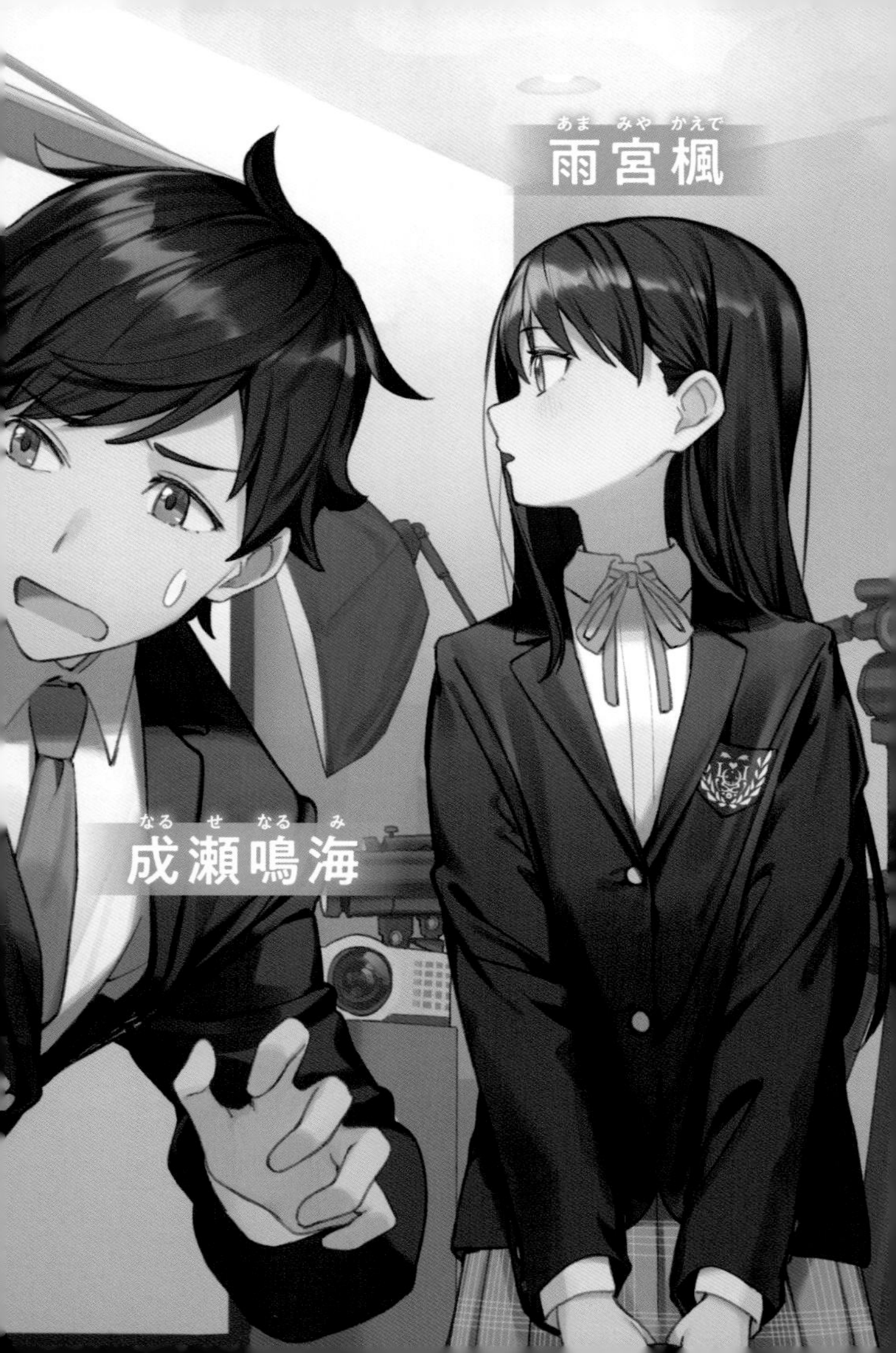

「そう言わないで
お願いできないかな」

「私が結構大変なの知ってますよね？」

どうやら今日の彩乃ちゃんはご機嫌斜めらしい。

椋《むく》千《ち》彩《あや》乃《の》

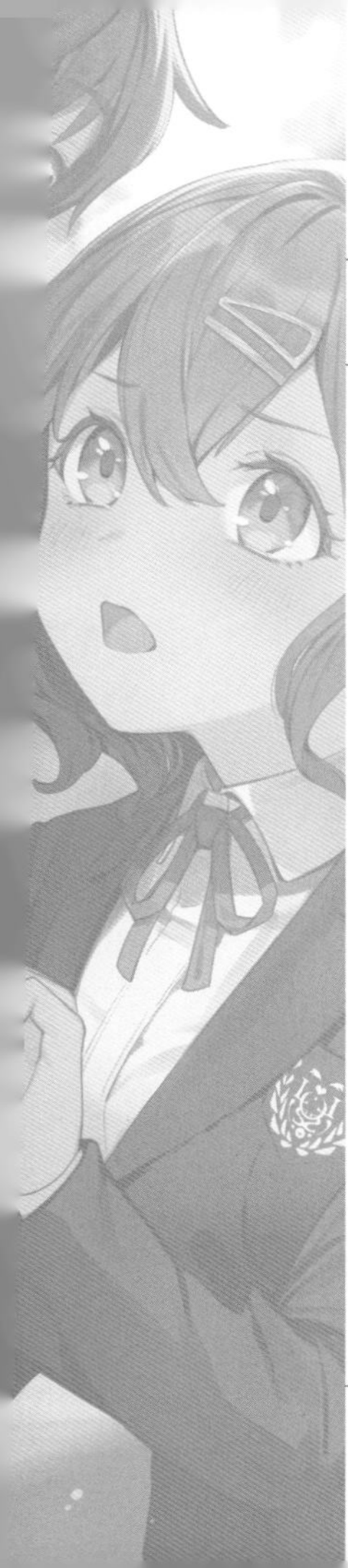

CONTENTS

Sukinako ni furaretaga, Kohaijyoshi kara
“Senpai, Watashijya dame desuka?”
to iwaretaken

好きな子にフラれたが、後輩女子から「先輩、私じゃダメですか……？」と言われた件

柚本悠斗

GA文庫

カバー・口絵・本文イラスト
にゅむ

プロローグ

「鳴海《なるみ》先輩、機材の準備は大丈夫ですか？」

「ああ。入学早々、手伝ってもらってごめんな」

私は、この男の子に恋をしている。

小学四年生の時に恋をして、気が付けば片想《かたおも》いも五年七ヶ月――。

「遠慮しないでください。私はそのためにこの高校に入学したんですから」

「そうは言っても、本来は彩乃《あやの》ちゃんも歓迎される側だからさ」

「ありがとうございます。気持ちだけ受け取っておきますよ♪」

その日は新入生の歓迎会で、ステージ上では各部が様々な出し物を披露していた。

次は鳴海先輩が所属している演劇部の番。

新三年生を中心に舞台を披露することになり、私たちはその様子をビデオカメラに収めるため、体育館の片隅で準備をしていた。

「見つかるといいですね。私たちのドラマに出てくれるヒロイン」

「ヒロインが見つからないことにはドラマ制作も始まらないからな」

Sukinako ni furaretaga,
Kohaijyoshi kara
"Senpai, Watashijya
dame desuka?"
to iwaretaken

そんな会話をしていると、開演を告げるブザーが響き舞台が始まる。

ステージの幕が上がり始めるのと同時、鳴海先輩はビデオカメラの録画ボタンを押した。

中央には主演を務める雨宮楓《あまみやかえで》先輩の姿。

大人びた綺麗《きれい》な顔立ちに、やや細身ながらバランスの取れたスタイルで、どこか儚《はかな》げな雰囲気を身に纏《まと》う女性。長い黒髪がライトの光で輝きながら動きに合わせて穏やかになびく。

どんな演技を見せてくれるか期待に胸が躍る。

だけど、そんな余裕は開始一分でなくなった。

「……あれが、雨宮先輩？」

隣にいる鳴海先輩の口から驚きに満ちた言葉が漏《も》れた。

クールな印象とは裏腹に、情熱的に役を演じる雨宮先輩の姿。

見る者全《すべ》ての視線を釘《くぎ》づけにする台詞《せりふ》と振る舞い。無視することすらできないほどの深い感情表現。その証拠に、興味なさそうにしていた生徒たちが一瞬にして目を奪われる。

まるで会場を支配するように、生徒たちが雨宮先輩の演技に魅了されていく。

「見つけた……」

雨宮先輩に視線を奪われ続けていた鳴海先輩がポツリと漏らす。

「彼女しかいない」

そう口にする鳴海先輩の顔を見た瞬間、私の心に言葉で形容しがたい感情が溢《あふ》れ出した。

驚きと、感動と、憧《あこが》れの中に見せるわずかな愛おしさと——鳴海先輩は、あらゆる想《おも》いが交錯しているような表情を浮かべながら雨宮先輩を見つめている。

少なくとも、私は鳴海先輩からそんな顔を向けられたことなんて一度もない。

私がずっと向けて欲しいと思ってやまなかった表情を、別の女の子に向けているなんて。

信じたくないけれど、疑いようがない。

私は鳴海先輩に芽生えた気持ちがなにかを知っている。

こうして私は高校に入学直後——。

――好きな人が、初めて恋に堕《お》ちる瞬間を見てしまった

一話　友達の従妹が彼女になった

好きなことをして生きていきたい――。

誰《だれ》もが一度は、そう考えたことがあるだろう。

学生なら就職ではなく、社会人なら仕事に忙殺される日々を送るのではなく、本当に好きなことをして生活をしていけたら、どんなに幸せだろうと考えたことがあるはずだ。

しかしながら、そんなことを言うと『なにを夢みたいなことを言っているんだ』とか『好きなことで生きていける人間は一部だけ』なんて、親や友達に言われてしまうのが現実。

周りの人間は『夢の見すぎ。現実はそう甘くない』と口を揃《そろ》えて言ってくる。

だが、本当にそうだろうか？

ネットやSNSが普及し、情報やコンテンツとの距離が近くなり、誰もが気軽に発信者になれるようになった今、そこから収入を得て活動していくことは不可能ではなくなった。

事実、ネット配信者やインフルエンサーとして活動し収入を得ている人は増え、そんな人たちに憧《あこが》れて同じような生き方を望む人も少なくない事実が、それを裏付けている。

つまり、覚悟さえあれば誰でも好きな生き方を選べる時代になったと言っていい。

かく言う俺《おれ》、成瀬鳴海《なるせなるみ》も将来は好きなことをして生きていきたいと思っている人間の一人。

そんな俺がやりたいと思っていることは一つ。


『俺が監督兼カメラマンとしてドラマを作り、動画サイトで配信すること』


ドラマや映画を始めとする映像作品の持つ力は計り知れない。

誰かの喜びに共感し、怒りは時に活力になり、悲しみに寄り添い、楽しさを共有する。それら喜怒哀楽を表現する媒体として、映像作品はいつの時代も人々の心を摑《つか》み続けてきた。

もちろん、これはドラマや映画に限った話じゃない。

漫画やアニメ、さらには舞台や小説にも同じことが言える。

それこそはるか昔、シェイクスピアの時代から脈々と受け継がれてきた創作における物語全般は、まさに人類の生み出した文化の極《きわ》みと言っても過言ではないと思っている。

人の歴史の傍《そば》には常に物語があり、いつの時代も人々は物語を求めてきた。

もちろん俺もそう。

小学生の頃《ころ》、とある事情で深く落ち込んでいた俺はテレビドラマに心を救われ、いつしか同じように、誰かの心を救うことができるようなドラマを撮りたいと願うようになった。

俺が数ある物語の中で、ドラマに拘《こだわ》るルーツはここにある。

そんな夢を抱いて高校に進学した俺は、夢に共感してくれた二人の仲間と共にドラマ制作を決意。動画サイト上にアップロードし、ゆくゆくは複数シリーズの展開や動画サイト以外での活動も見込んでマネタイズしていき、そこから得た収益で生きていくのが目標だ。

だが、俺たちはまだ一つもドラマを作れていない。

中学生の頃、三人で作った映像作品を、アマチュアを対象としたショートフィルムのコンテストに応募して入賞したことはあるものの、特に何かに繋《つな》がるわけでもなくそれっきり。

本格的な長編ドラマの制作に踏み出せずにいた。

その理由は、俺たちには致命的に足りないものがあったからだ。


『それは――ドラマの顔となる女優の存在』


俺たちが作ろうとしているのは、学生の卒業制作レベルのクオリティではない。

テレビや動画配信サービスなどで放送されている、プロが作ったレベルと同等のもの。

高校生ごときがなにを言っているんだと思われるかもしれないが、心から信頼している二人の仲間と、そこに圧倒的な才能を誇る女優さえ見つかれば決して夢物語ではない。

だからこそ女優に求めるハードルは高く、今まで見つけられなかったんだが……。

ようやくヒロインを見つけると同時、俺は生まれて初めて恋に堕《お》ちてしまったのだった。

＊

「いや、まさか……女優とセットで初恋相手まで見つけてくるとはね」

とある古い木造住宅の一室に、からかうような声が響いた。

ここは俺たち映像制作チーム、通称ラビットハウスの活動拠点。

小さい頃、マンション住まいで遊び場に困っていた俺たちのために、不動産会社を営む俺の父さんが格安の古民家を買い取り、遊び場として俺たちに与えた平屋の一軒家。

ボロボロだった古民家を自分たちでリフォームし、今はスタジオとして使っている。

「まぁ、ドラマ監督を目指す人が恋の一つもしたことないんじゃ話にならない。経験しておいて損はないと思うけど、まさか演技に惚《ほ》れ込《こ》んだ女優に異性としても惚れるなんてね」

そう口にするのは俺の親友にしてラビットハウスのメンバー、渡会《わたらい》司《つかさ》。

小学五年生からの付き合いで、文武両道なんでもこなすハイスペック男子。

ラビットハウスでは動画編集をメインに、広告戦略、雑務全般など幅広く担当している。

おまけに性格がよく中性的な顔立ちをしたイケメン故に、学校では常に女子生徒から憧れの視線を向けられ、街を歩けば綺麗《きれい》なお姉さま方から甘いお誘いを受けまくる始末。

神様は司に色々与えすぎだろ。一つくらい分けてくれよ。

ただまぁ、誰しも表があれば裏があるわけで……司が聖人君子で完璧《かんぺき》超人かといえば決してそんなことはなかったりするんだが、思い出すのもあれなので今は触れずにおこう。

「彩乃《あやの》もそう思わないかい？」

「本当ですよ！」

司に促され、不満そうな視線を俺に向けている彼女は椋《むく》千彩乃。

司の従妹《いとこ》にして俺の一つ年下の後輩で、司と同じく小学五年からの付き合い。

一見すると小動物を思わせる可愛《かわい》らしい女の子だが、愛嬌《あいきょう》のある見た目とは裏腹に、彼女は素晴らしい才能を持ったラビットハウスに欠かせないメンバーだったりする。

彩乃ちゃんは小さい頃から漫画を描いていたこともあり、俺たちの作るドラマの脚本を担当してくれているんだが、彼女の作る物語はお世辞抜きで面白《おもしろ》いものばかり。

どのくらい面白いかというと、趣味で書いた恋愛漫画をＳＮＳに載せたところバズってしまい今やフォロワー十万人を超える人気ウェブ漫画家になってしまったくらい。

漫画の内容は必ず年上主人公と年下ヒロインのカップリングで、年下女子好きな男の心を延縄漁《はえなわりょう》のごとく一網打尽に摑んでやまないんだが、なにか強い拘りがあるんだろうか？

ちなみにペンネームは兎山兎子《うさやまうさこ》。名前の通りアイコンもうさぎだったりする。

それはともかく、司もそうだが彩乃ちゃんを見ていると人は変わるものだと思わせられる。

「それで？　いつ告白するんだい？」

「ヒロインを見つけてきたんだから、そんなに冷やかさないでくれって……」

相変わらず司は茶化《ちゃか》す感じで尋ねてくる。

冗談とわかっていても勘弁して欲しい。

「じゃあ、ヒロインは雨宮《あまみや》先輩で決まりかい？」

「ああ。俺たちのドラマのヒロインは、雨宮先輩以外に考えられない」

「鳴海の見る目を疑うわけじゃないけど、一つだけ確認させてもらっていいかい？」

「なんだ？」

「雨宮先輩を好きになったせいで、色眼鏡《いろめがね》で見てるってことはない？」

「冗談だろ。司だって新入生歓迎会で雨宮先輩の演技を見たはずだ。恋愛感情を抜きにしたって雨宮先輩以外にヒロインを任せられる人はいないと思う」

「確かに、あんな人が今まで表に出てこなかったのが不思議なくらいだね」

「去年まで、演劇部は上下関係が厳しかったんだよ。キャスティングは全部三年生だけだったから、実力があっても舞台に立たせてもらえなかったんだろうな。代が替わって、ようやく今の三年生が舞台に立てるようになって日の目を見たってところだろ」

そう答えながら、雨宮先輩の演技を思い出す。

圧倒的だった。

圧倒的すぎて、他の部員たちの演技がまるで記憶に残らないほどだった。

今でも瞳《ひとみ》を閉じれば、雨宮先輩が演じている姿が瞼《まぶた》の裏に浮かび上がる。


言葉に乗せる深い感情――。

細かな表情や所作の一つ一つ――。

まるでその場を支配するような存在感――。


あの場にいた全《すべ》ての生徒と教師たちが言葉を失《な》くして魅了されたことが、雨宮先輩の演技力の高さの証明だろう。

まるで胸を撃ち抜かれたような衝撃を覚えると同時、心が震えた。

あの日以来、気が付けば雨宮先輩のことばかりを考え続けていた俺。

女優としての雨宮先輩をもっと知りたいと思うだけではなく、あの儚《はかな》くも美しい瞳を向けられる相手役が羨《うらや》ましいとか、透きとおるような声で自分の名前も呼んで欲しいとか。

それこそ夜も眠れないほどに、雨宮先輩のことを考える時間が増えていく。

もっと雨宮先輩のことを知りたい――。

胸に溢《あふ》れてやまないこの感情が、ドラマ監督として女優に向ける敬意や尊敬、ファンとしての憧れだけではないことに気づくのに、そう時間は掛からなかった。

なぜなら、初めて経験した感情とはいえ、俺は何度もこの感情の答えを目にしてきた。

世に溢れる数々の物語。

俺が目にしてきた千本を超えるドラマや映画。

そこではいつだって人々が愛を謳《うた》い、自分とは無縁だと思いながらも憧れていたからだ。

だから、この言葉で形容しがたい想《おも》いが恋だと気づくのは、難しいことじゃなかった。

「監督が決めたなら異論はないよ。僕は鳴海の見る目を信じているからね。ただ、キャスト選びに個人的な感情を持ち込まれたら困るからさ。嫌な言い方をして悪かったね」

「いや、気にしないでくれ。司の心配はもっともだ。納得してくれて嬉《うれ》しいよ」

「ただ、彩乃はちょっと不満そうだけど」

彩乃ちゃんに視線を向けると、不機嫌そうな表情でテーブルに向かっていた。

不満をぶつけるように漫画制作用のタブレットにガリガリとイラストを描いているんだけど、なぜかそのイラストは、怒りに満ちたゆるキャラみたいなうさぎのイラストだった。

今でこそ彩乃ちゃんは年相応の女の子という感じだが、出会った頃は違った。

自分の気持ちを口にしない内気な女の子で、その代わり、こうしてイラストで気持ちを表現するタイプ。描いている絵柄で大体の感情を読み取ることができたりする。

それは今でも変わらない。

つまり……不満そうなのは明らかだった。

「彩乃ちゃんは反対なの？」

「別にー。反対なんて一言も言ってないですけどー」

棒読みだった。

めちゃくちゃ棒読みだった。

「いやでも、見るからに不満そうだよね」

「だから、不満なんて一つもないですってば！」

顔がぶつかりそうな距離ですごまれた。

こんな不機嫌そうな彩乃ちゃん、初めて見たぞ。

「ははは っ」

おい司、笑ってないでなんとかしてくれよ。

ていうか、今のやり取りに笑えるポイントなんてないだろ。

「彩乃もいいって言ってるし決定だね。じゃあ鳴海、スカウトは任せた」

「え⁉　俺がスカウトするの⁉」

「当然だろ。監督なんだからさ」

「いや、でも、それはちょっと……」

「まさか恥ずかしいとか言うつもりかい？」

「んぐっ……」

図星すぎて喉《のど》の奥で変な音が鳴る。

「そりゃ恥ずかしいだろ！　スカウトが目的とはいえ、好きになった人に話しかけるなんてさ……今までそういう経験もないし、なんて声掛けていいかわからないって」

なにしろあの日以来、会うのが恥ずかしくて演劇部に顔を出せていない。

そんな俺に雨宮先輩をスカウトしろだなんて……やばい。雨宮先輩に話しかける想像をするだけで緊張と恥ずかしさで動悸《どうき》がすごいんだけど。

「いつも堂々と夢を語る鳴海が照れる姿を見られるなんて、ちょっと笑えるよね」

司は言葉の通り腹を押さえて笑いを堪《こら》える。

「さっきから楽しんでんじゃねぇよ！」

「まぁでも、夢も恋も叶《かな》えたいなら雨宮先輩をスカウトしないことには始まらないし、僕が代わりにスカウトしたところで鳴海がそんなふうに照れっぱなしじゃ話にならない。ここはぜひスカウトをきっかけに仲良くなってもらいたいところだよね」

「そりゃそうだけどさ……」

まさに言うは易《やす》し。

雨宮先輩を前にして、冷静でいられる自信がない。

「なぁ、なにかアドバイスしてくれよ。司はモテるんだからさ」

「モテるっていっても、それは相手が好意を持ってくれるだけで、僕が気持ちに応《こた》えたことはないからね。僕だって恋愛経験ゼロだし、残念ながら教えられることはなにもないよ」

くそ。モテる男は余裕があって羨ましい。

その気になれば選《よ》り取り見取りだろうに。

「ただ――」

「ただ？」

「恋愛経験者にアドバイスをもらう。つまり勉強をするって考えは悪くないね」

司は自分の言葉に納得した様子で続ける。

「ちなみに鳴海、初恋が成就《じょうじゅ》する確率ってどのくらいか知ってる？」

「いや……三十パーセントくらいか？」

「残念。一パーセントらしいよ」

「一パーセント⁉」

いくらなんでも低すぎないか⁉

「初恋に限らず恋愛全体における告白の成功率は三十パーセント以上あるらしいけど、初恋が実を結んで結婚までこぎつける確率は一パーセントなんだって。奇跡を起こすには勉強も必要さ」

……一パーセントか。

急に絶望的な気分が押し寄せてくる。

司の言葉の通り、奇跡にしか思えなくなってきた。

「できれば教えてもらう相手は女の子がいいよね。女性心理にも詳しいだろうし、心構えとか接し方とかを教えてもらえるんじゃない？　恋の勉強をした上で、雨宮先輩との仲を深めて恋も女優もゲットする。いきなりアプローチするより現実的だと思うよ」

「なるほど……確かにそうだな」

身近な女の子が相手なら変に緊張することもない。

何事もぶっつけ本番よりも、しっかりとした準備が必要だ。

ただ……恋を教えてくれるような女の子が身近にいればの話。

心当たりがない上に、相談が相談なだけに下手な相手には頼めない。

頭を悩ませながら司に視線を向けると、司はなぜか彩乃ちゃんの方を見ていた。

二人の視線が交錯し、彩乃ちゃんが顔を赤くしながら目をそらす。

「まさか彩乃ちゃん……」

「な、なんですか。そんな真剣な目でこっちを見て」

「恋をしたことがある？」

「なっ――!?」

尋ねると、ヤカンよろしく顔から湯気を噴き出しそうな勢いでうろたえる。

そのリアクションから、彩乃ちゃんが恋を経験しているのは明らかだった。

「もしかして今も好きな人がいる？」

「ちょ、ちょっと待ってください――！」

俺を制止するように両手を広げて後ずさる。

慌てぶりから察するに、好きな人がいるのは間違いない。

彩乃ちゃんは観念したのか、目を泳がせながら小さく呟《つぶや》く。

「そりゃ、好きな人くらいいますよ……」

おお……なんだろう。

小さい頃から知っている女の子が恋をしていると知った今の気持ち。

嬉しいような寂《さび》しいような複雑なこの感じは、もしかしたら妹に彼氏ができたと知らされた兄の気持ちに近いのかもしれない。もしくは娘を嫁に出す親の気持ち？

俺は一人っ子だから妹はいないし、当然娘もいないから知らんけど。

それはともかく、絶賛恋愛中の彩乃ちゃんなら相手として申し分ない。

俺は彩乃ちゃんの前で正座をして深々と頭を下げる。

「頼む彩乃ちゃん！　俺に恋を教えてくれ！」

年下の女の子に恋を教えてくれと懇願する高校二年生。

はたから見たら少し痛い気がしなくもないが、背に腹は代えられない。

彩乃ちゃんが恋を経験済みだったことは驚いたけど、彩乃ちゃんも高校生。女の子は男よりもませているって聞くし、恋の一度や二度は経験していても不思議じゃないだろう。

それに彩乃ちゃんはＳＮＳで人気を集めている恋愛漫画家だから、その手の教えを乞う相手として彩乃ちゃん以上に適した女の子は他にいない。

こんな近くに適任者がいたのに気づかない俺もどうかしてる。

「どうかこの通り！　他に頼める人なんていないんだ！」

「ううぅ……」

俺が必死に頭を下げると、彩乃ちゃんは困った様子で唸り声を漏《も》らす。

すると、そんな俺たちのやり取りを眺めていた司が口にする。

「なにもせずに待っているだけじゃ、恋はいつまで経《た》っても実らないよ」

俺も彩乃ちゃんも言葉に耳を傾《かたむ》ける。

「知らないうちに誰かに取られてしまったりするかもしれない。たとえ可能性が低いとしても行動を起こさなければ始まらないし、本気なら横恋慕するくらいの気概は必要かもね」

「横恋慕……」

彩乃ちゃんがポツリとこぼす。

でも、確かに司の言う通りだ。

雨宮先輩が他の男と付き合っている想像をするだけで吐き気にも似た不快感が胸を襲う。

もしすでに彼氏がいたとしても、なにもせずに失恋するくらいならダメで元々。横取りするくらいの覚悟が必要なんだろう。

本気で好きで付き合いたいと願うのなら。

そのためなら、年下の女の子に頭を下げて懇願するくらい安いものだ。

すると彩乃ちゃんは、少し悩んだような表情を浮かべた後――。

「……わかりました」

覚悟にも似た表情を浮かべながら口にした。

「私が鳴海先輩に恋を教えてあげます」

「本当に⁉」

「鳴海先輩が雨宮先輩と仲良くなれないと、いつまで経ってもドラマ制作が進められないじゃないですか。これは私たちのチームのため、言うなればやむを得ずってことです！」

「ありがとう！」

感謝のあまり、思わず彩乃ちゃんの手を両手で握りしめる。

「ちょっ――！」

すると、真っ赤《まっか》な顔をしたまま思いっきり振り払われてしまった。

「ごめん。急に手を握ったりして」

「いえ。ちょっとびっくりしただけです……」

いくら小さい頃から知っている相手とはいえ女の子の手を握るとか軽率だったか。

「でもさ、教えてもらうにしても具体的にどうしたらいいんだ？」

「そうですねぇ……」

彩乃ちゃんは顎《あご》に手を当てて考えるような仕草を見せる。

少しするとなにか思いついたらしく、わざとらしく咳払《せきばら》いをしてから口にした。

「とりあえず鳴海先輩、私と付き合いましょう」

ん？　付き合う？

「買い物にでも付き合えばいいの？」

「そうじゃなくて！　私と……恋人になりましょうって意味です」

「彩乃ちゃんと恋人に⁉」

なんでなんで⁉

どうしてそうなる⁉

驚きを隠せない俺に、彩乃ちゃんは言い聞かせるように口にする。

「鳴海先輩は女の子耐性がゼロです。そんな状態で雨宮先輩にアプローチしたところで失敗するのは明らか。あんな綺麗な人に告白するなんて身の程知らずと罵《ののし》られ、クラスメイトからは陰で笑われ、初恋が黒歴史になって一生思い出すたびに後悔するのは確実です」

「そ、そこまで言う？」

その通りかもしれないけど辛辣《しんらつ》すぎる。

やっぱり機嫌が悪いらしい。

「なので、私と付き合うことで女の子との接し方を学びましょうってことです。こういうのは実践形式が一番ですからね」

「そ、そうなのか？」

あまりにも突然の提案に、思わず司に助けを求める。

「恋の経験者が言うならそうなんじゃないかな？」

相変わらず司は含みのある笑いを浮かべながらの返答だが……。

でも、彩乃ちゃんの言うことも一理あるか。

今の俺では雨宮先輩に話しかけることすらできない。

なにしろ顔を合わせることすら恥ずかしくて部活にも顔を出せないありさまだ。

まぁ……俺は役者じゃなくてドラマ監督志望。部活に出たところで雑用ばかりだし、普段から参加していなくてもなにも言われない。撮影が必要な時だけいればいいという感じだが。

それはともかく、彩乃ちゃんと恋人のように過ごし、心構えや接し方を身に付けてからアプローチをするのは理にかなっている気がする。

だからと言って彩乃ちゃんと付き合う必要があるのかというと、若干の疑問が残るが……今の俺には彩乃ちゃんを信じる以外に選択肢がない。

だが、一つだけ気になることがある。

「彩乃ちゃん、好きな人がいるのに俺と付き合うとかいいの？」

「え？　なんでですか？」

「なんでって、俺と一緒にいるところを好きな人に見られたりしたら勘違いされるでしょ?」

「あー……なるほど」

いや、なるほどって……普通心配しない?

「まぁ、それは気にしなくて大丈夫です」

なんだかがっかりした感じでため息を吐《つ》く。

でも、彩乃ちゃんがそう言ってくれるなら。

「頼むよ、彩乃ちゃん」

「では、今日から私のことを彼女だと思って接してください」

「わかった」

「彼氏としてふさわしくない行動をとった時はじゃんじゃんダメ出ししますからね」

「ああ。よろしく頼むよ」

ダメ出しくらいどんとこい。

「とりあえず、毎週土日はデートです」

「土日両方? 多いような気もするけど、わかった」

「もちろん登下校も毎日一緒。お昼を食べるのも一緒。メッセージのやり取りは毎日欠かさず、返信は三十分以内にしてください。おはようとおやすみの挨拶《あいさつ》を忘れたら彼氏失格です。あ、それと、二日に一回は寝る前の通話必須です」

「めちゃくちゃ注文が多くない⁉」

「このくらい世のカップルなら普通です」

マジか。そういうものなのか。

でも確かに、女の子と付き合ったことがない俺にとっての常識は、世のカップルたちにとっては非常識の可能性が高い。むしろ全部間違っているくらいでちょうどいい気がする。

もし雨宮先輩と付き合えたら、そんな感じになるんだろうか……。

ダメだ。想像するだけで幸せすぎて今日も寝られる気がしない。

「嫌なら別にいいんですよ。他のヒロイン候補を探しましょうか」

「いや、それでいい。彩乃ちゃん、俺と付き合ってくれ」

俺が改めてお願いすると、彩乃ちゃんはさらに顔を真っ赤にしながら視線を泳がし『よろしくお願いします……』と、口をもごもごさせながら小さく呟いた。

こうして俺は、彩乃ちゃんに恋の指導をしてもらうことになったのだった。


その後、俺たちは今後について打ち合わせを進めた。

いよいよ本格的にドラマ制作を始めるに当たり、彩乃ちゃんが書く脚本の方向性や、必要な機材の確認。制作全般に掛かる費用の確認など、司が作ってくれた見積もりに目を通す。

夢について語り合う時間はあっという間で、気が付けば日も暮れていた。

打ち合わせ中、彩乃ちゃんはずっとイラストを描きながら話を聞いていたんだが……。

最初に描いていたゆるキャラみたいなうさぎが怒っているイラストは、昼ドラみたいなテンションで一匹のうさぎを取り合う二匹のうさぎのイラストに変わっていたのだった。

はたしてこれは、どういう心境の変化だろうか？

女の子って難しいよな。

誰か教えてくれない？

二話　致命的な欠陥

彩乃《あやの》ちゃんに恋を教えてもらうことになった翌日――。

俺《おれ》は久しぶりに、清々《すがすが》しい気持ちで朝を迎えていた。

雨宮《あまみや》先輩に恋をした日から昨日までは、時間さえあれば悶々《もんもん》とする日々を送っていて夜もまともに眠れなかったが、ひとまず先が見えてきたこともあって昨夜は熟睡。

恋患《こいわずら》いでやつれていた顔も、数日前に比べたらずいぶんマシだ。

マジで酷い顔をしていた自覚がある。

恋は病っていうのは本当らしい。

「よし。行くか――え？」

学校へ向かおうと意気揚々と玄関のドアを開けた時だった。

朝日よりも先に、ドアの隙間《すきま》から見慣れた顔が差し込んでくる。

「おはようございます。鳴海《なるみ》先輩♪」

「お、おはよう……朝からどうしたの？」

そこには笑顔で俺を出迎える彩乃ちゃんの姿があった。

「忘れちゃったんですか？　昨日、登下校は毎日一緒って言いましたよね？」

彩乃ちゃんは笑顔から一転、不満そうに頬《ほお》を膨らませて口にした。

なんだか水揚げされたハリセンボンみたいで怖いどころかちょっと可愛《かわい》い。

「確かに言ってたけど……」

家の前で出待ちしているなんて思ってなかったよ。

「さあ、行きましょう」

彩乃ちゃんがわずかに頬を赤くしながら右手を差し出してくる。

なぜ手を差し出されているかわからずに首を傾《かし》げる俺。

「なにしてるんですか。早く手を繋《つな》ぎましょう」

「て、手を繋ぐ⁉」

「なにを照れているんですか？　だから昨日言いましたよね？　今日から私を彼女だと思って接してくださいって。恋人同士なら登校時に手を繋ぐなんて当たり前のことですよ」

「いや、でも……」

気心の知れた女の子でも、さすがにスキンシップは意識してしまう。

彼女とはいえ、それはあくまでお試し的な関係なのにいいのか？

それこそ昨日、俺が喜びのあまり彩乃ちゃんの手を握った時は困った感じだったのに。

「私と手を繋げないようじゃ雨宮先輩となんてなおさら繋げないですよ。まぁ別に、私は鳴海先輩と雨宮先輩が手を繋げなくても全然構わないんですけどー」

彩乃ちゃんは呆《あき》れるような、挑発するような口調で言う。

確かにそうだよな。

彩乃ちゃんだって恥ずかしいだろうに、俺のために身体を張ってくれている。

こんなところで躓《つまず》いているようじゃダメだし、照れている場合じゃないだろ。

「……じゃあ、失礼します」

「はい。どうぞ……」

俺は思い切って彩乃ちゃんの手を握る。

瞬間、手のひらの柔らかさに自分でも驚くくらい心臓が跳ねた。

今まで触れたあらゆるものの中で、最も柔らかいのではないかと思うくらいの感触。それでいて、手のひらから伝わってくるわずかな温《ぬく》もりが心地よくてたまらない。

こんなことで思わず彩乃ちゃんも女の子なんだと実感してしまう。

いや、もちろん女の子なんだけどさ。

「これでいいかな……？」

「そうですね……いいんじゃないですか」

なんか気まずい！

「……手汗がすごかったらごめん」

「大丈夫です。私もですから……」

こうして、俺たちは学校へ向かって歩き出した。

だけど、お互いに意識してしまっているせいか無言のまま歩き続ける。

ただでさえ気まずいのに、この沈黙がさらに気まずさを増長させている気がする。

なにか話しかけなくてはと思うものの、こういう時に限って頭が回らない。

彩乃ちゃんに視線を送ると、満足そうな笑みを浮かべていた。

「鳴海先輩、今日のお昼ご飯はどうするつもりです？」

「昼飯？　学食で済まそうと思ってるけど」

「そうですか。じゃあお昼休みになったら屋上に来てください。鳴海先輩のお弁当も用意してきたので一緒に食べましょう」

「え？　俺の分まで作ってくれたの？」

「さっきも言いましたけど、今日から私は鳴海先輩の彼女なんです。鳴海先輩に恋を教えてあげるためなら、彼女として彼氏のお弁当くらい作ってきますよ」

ああ……彼女いるってすごいな。

まるで高校生の青春を描いた甘酸っぱいドラマのワンシーン。

何度となく目にしてきたあのシーン。あれは画面の向こうでしかありえないことで、自分には無縁のことだと思いつつ、実は密《ひそ》かに羨《うらや》ましいと思っていたなんて誰《だれ》にも言えない。

もし雨宮先輩と付き合えたら、雨宮先輩手作りのお弁当が食べられたりして。

思わずそんなシーンを想像しつつ『この卵焼き、成瀬君のために作ったの』『本当ですか？　ありがとうございます！』『はい、成瀬君。あーん』なんてね！　なんてね！

留まることを知らない思春期全開の妄想は天元突破。

幸せのあまり思わずにやけそうになった瞬間だった。

上がりかけた口角が痙攣《けいれん》して顔が引きつる。

「鳴海先輩？　どうかしましたか？」

俺の様子に気づいた彩乃ちゃんが心配そうに顔を覗《のぞ》き込んでくる。

目の前の光景に、自分の血の気が引いていく音が聞こえた気がした。

「雨宮……先輩？」

「え？」

交差点の曲がり角から現れた雨宮先輩。

雨宮先輩もこちらに気づいて目が合うと、一瞬だけ目を合わせた後に視線を落とす。なにを見られたのか気づくと同時、とっさに彩乃ちゃんの手を振り払う。

だけど雨宮先輩は気にした様子もなく、学校の方に向かって歩いていった。

「最高……じゃなくて、最悪のタイミングですね」

彩乃ちゃんの声が左から右に抜けていく。

見られた。手を繋いでいるところを完全に見られた。

きっと俺と彩乃ちゃんが付き合っていると勘違いされたに違いない。

あ、いや、付き合っているんだけど、そうじゃなくて。これは付き合っているんだけど付き合ってなくて、恋人なんだけど恋人じゃなくて——。

ショックとパニックで頭の中の整理がつかない。

ただ一つはっきりしていることは——。

「終わった……」

失望感と共に全身の力が抜け、思わず膝《ひざ》から崩れ落ちる。

恋をしてわずか数日、告白どころか声を掛ける間もなく散ってしまうなんて。

もう帰って頭からお布団《ふとん》を被《かぶ》りたい……。

「鳴海先輩。ほら、立ってください」

「彩乃ちゃん、短い間だったけど協力してくれてありがとう……」

「なに失恋した気になってるんですか。大丈夫、このくらいどうとでもなります」

「でも、他の女の子と手を繋いでいるところを見たら普通は恋人同士と思うだろ?」

「手を繋いでいたからって必ずしもそうとは限りません。怪我《けが》をしたから支えてたとか、目にゴミが入ったから手を引いてあげてたとか、いろいろ言い訳できますから!」

「本当に……?」

「このくらいで落ち込んでたら、雨宮先輩がクラスの男の子と話してるのを見るたびに落ち込みそうですよね。そんなんじゃ、どんなにメンタルが強くても折れますよ？」

「うん。今ちょっと想像してみたけど心が折れそう」

「本当にもう……ほら、ちゃんと立ってください」

彩乃ちゃんはやれやれといった感じでため息を吐《つ》く。

俺は彩乃ちゃんに励まされながらというか、引きずられながらというか、そんな感じで学校へ向かい……なんとか着く頃《ころ》にはメンタルを立て直したのだった。

マジで朝からやり直したい……。

*

俺たちの通う高校は、地方都市の高校としては設備が充実している。

ずいぶん前に行われた市町村合併の際、併せて高校の統廃合も実施されたんだが、駅から徒歩十分という好立地だったこの高校は、母体として近隣の高校を吸収合併した経緯がある。

さらには市の都市計画区域だったこともあり、敷地が広がり設備も一新。

新しい校舎が建てられ、グラウンドや体育館も増築された。

それまで使っていた旧校舎は学校の歴史の保存という名目で残されたが使い道はなく、そのせいで好き勝手に使う生徒が横行して荒らされ放題。好き好んで近寄る生徒はいない。

お昼休み、一緒にお昼を食べることになった俺たちは、人目を忍ぶために旧校舎の屋上で食べることにした。

あそこなら誰にも見られることはないだろう。

「彩乃ちゃんの作ってくれたお弁当か……ちょっと楽しみだな」

二限目が終わった休み時間、自席でポツリと漏《も》らした。

女の子が俺のためにお弁当を作ってくれるなんて初めてのこと。これが楓《かえで》先輩の手作り弁当だったら最高だけど……なんて、そんなことを言ったら彩乃ちゃんに失礼だろう。

おかずはなんだろうと想像を膨らませていると、不意にポケットの中でスマホが振動した。

「ん？　彩乃ちゃんから？」

彩乃『お昼休みになったら屋上に集合ですよ！』
鳴海『ああ』
彩乃『あ、そうそう。飲み物は用意してないので買ってきてくださいね！』
鳴海『了解』
彩乃『………』
鳴海『ん？　どうかした？』

彩乃『彼氏の返信としては0点です』
鳴海『なんで？』
彩乃『返事が事務的すぎなんですよ！　もっとこう、いい感じで返してください！』
鳴海『いい感じって言われても……なにかコツとかある？』
彩乃『相手のテンションに合わせるのを意識するといいですよ』
鳴海『ふむ』
彩乃『絵文字やスタンプの頻度とか、一文の長さとかを相手に合わせるんです』
鳴海『ふむふむ』
彩乃『これはメッセージだけじゃなくて、普段の会話でも同じことが言えます』
鳴海『例えばどんな感じで？』
彩乃『声のトーンやスピード、仕草とかを相手に合わせるんです』
鳴海『なるほど』
彩乃『そうすると、相手は自分と感性が近いのかもって錯覚します』
鳴海『錯覚じゃダメなんじゃ……』
彩乃『いいんですよ。相手に好感を与えるテクニックも必要です』
鳴海『そういうもんなのか』
彩乃『そういうもんなのです。以上、彩乃ちゃんの恋愛講座でした』

鳴海『ありがとうございます』

そう返すと、彩乃ちゃんから『どういたしまして』とスタンプが送られてきた。

さっそく言われた通りに真似《まね》をして、同じシリーズのスタンプで『ありがとう』と送り返すと『そうそう。そういうのでいいんです♪』と返事が来た。

なるほど……確かに相手にテンションを合わせるのは大切だ。

もし俺が考えに考え抜いたメッセージを、それこそ送る前に一時間かけて考えたメッセージを雨宮先輩に送ったとして、その結果が短文の一言だったら寂《さび》しすぎる。

こんなふうに恋について教えてもらえるなら心強い。

持つべきものは頼りになる年下の女の子だな、なんて思った。

＊

午前の授業が終わり、言われた通り飲み物だけ買った俺は旧校舎の屋上に向かった。

長い階段を上り昇降口を抜けると、春先にしては暖かな風が穏やかに吹いている。

屋上でお昼を食べるには絶好の天気だな、なんて思いながら辺りを見渡すと、少し離れたベンチにちょこんと腰を掛けている彩乃ちゃんの姿があった。

「鳴海せんぱーい！」

俺に気づいたらしく、笑顔でぶんぶん手を振っている。

「ごめん。少し遅れちゃったかな」

「いえいえ。私もさっき来たところです」

お、なんかこのやり取り恋人同士っぽいぞ。

なんて思いながら隣に腰を下ろす。

「こっちが鳴海先輩のお弁当です。はい、どうぞ」

「ありがとう。なんか気を使わせたみたいで悪いな……」

「鳴海先輩はいつもしっかりしてますけど、今回ばかりは私がいないとダメそうですからね。なにげに私も楽しんでますから、お互いさまってところです」

仕方がないですねと言わんばかりにドヤ顔で口にする。

そんな姿が頼もしいというか微笑ましい。

「そう言ってもらえると助かるよ」

「さぁ、食べましょ♪」

彩乃ちゃんに促されて弁当箱を開ける。

中には多めの白米と、彩りのいいおかずがぎっしりと詰まっていた。

おかずの定番、卵焼きとウインナーに、具沢山のポテトサラダとプチトマトなど、見事に俺の好きなものばかりで食欲をそそられる。

「いただきます」

「はい。召し上がれ」

さて、ここはどう対応するのが正解だろうか？

忘れてはいけない。こうして一緒にお昼を食べるのも恋の勉強の一環。

とすれば、きっと彩乃ちゃんは恋を教える立場として、俺が彼氏としてどんなリアクションをするか注視しているはずだ。彼氏らしい感想を言葉にできるかどうか。

もし仮に、見た目に反して味がいまいちだったとしても美味《おい》しいと答えるべきだろう。

そんなことを考えながら、卵焼きに箸《はし》を伸ばして口にする。

「……！」

だけど口にした瞬間、考えていたことが頭から飛んだ。

「どうかしました？」

少し不安そうに顔を覗き込んでくる彩乃ちゃん。

「いや……めちゃくちゃ美味しくて驚いた」

お世辞なんて考える必要もないくらい美味しすぎた。

彼氏らしい感想だとかどうとか関係なく、手放しで絶賛したいくらい。

「女の子が自分のために作ってくれたんだから、たとえ味がどうであっても美味しいって答えるべきなんだって思ってたんだけど……すごく美味しいよ。卵焼きなんて甘さが控えめで焼き加減も俺好み。彩乃ちゃんが料理できるとは知らなかったから驚いちゃって」

そう答えると、彩乃ちゃんは小さく笑みを浮かべた。

「私が何年、鳴海先輩と一緒にいると思ってるんですか？」

「え？　……えっと、五年くらい？」

「五年と七ヶ月です。その間、鳴海先輩の家や司《つかさ》君の家で数えきれないくらい一緒にご飯を食べてきたんです。鳴海先輩の好きな料理や好みの味付けくらい知ってますよ」

確かに何度も一緒に食事をする機会はあった。

でも、だからって相手の食の好みまで把握してるか？

俺が彩乃ちゃんや司の食の好みをちゃんと把握しているかと聞かれたら怪しい。ましてや味付けまでとなるとお手上げだ。

見る目の違いは、さすが女の子ってところなんだろうか。

「まぁ、今日のところは彼氏としてギリギリ合格ってことにしておいてあげます」

こうして食事を再開。

美味しすぎるあまり、俺はあっという間に平らげてしまった。

「ごちそうさまでした！」

両手を合わせて言うと、彩乃ちゃんは俺の弁当箱を覗き込む。

「男の人には量が足りなかったですかね」

「んー。もう少し多いと嬉《うれ》しいかな」

「明日からは大きいお弁当箱にするので――」

彩乃ちゃんはそう言いながら自分のおかずを箸でつまみ、俺の顔の前に差し出した。

「今日のところは、私のおかずを分けてあげるので我慢してください」

「いいの？　ありがと――」

口を開きかけて思わず固まる。

女の子に『あーん』してもらうこのシチュエーション。

この世に男として生を受けた者ならば、誰もが一度は憧《あこが》れ夢にまで見た展開だろう。

だが、それを現実として叶《かな》えることができるのは一部のリア充《じゅう》のみ。いざ自分がその場面に出くわすとなると、さすがに気にしないわけにはいかない問題が出てくるわけで……。

同じ箸を使うということは、つまり間接キスになってしまう！

「あれあれ～♪」

そんな俺の焦《あせ》りを見抜いたのか、彩乃ちゃんはニヤリと笑みを浮かべる。

「もしかして鳴海先輩、照れてるんですか？　小学生じゃあるまいし、間接キスを気にするなんて鳴海先輩も意外と可愛いところがあるんですね～♪」

「普通は気にする――んぐっ！」

言い切る前に卵焼きを口にぶち込まれた。

「今の私たちは彼氏と彼女なんだからいいんですよ。むしろ恋人同士の特権です。私だって誰にでもこんなことするわけじゃないですから、気にせず味わってください」

いや、気にしないのは無理だろ……彼女の後ろに（仮）が付くんだから。

でも、俺と違って彩乃ちゃんはさすがだよな。

恋を経験済みなだけあって、間接キスくらいじゃ動揺しないんだから。

なんて感心しながら彩乃ちゃんに視線を向けると、真っ赤《まか》な顔で箸を口に添えていた。

「彩乃ちゃんだって照れてるじゃん！」

「て、照れてません！　断固として否定します！」

「嘘《うそ》だ！　そんなに顔真っ赤にして！」

「おかずが辛かったんです！」

「辛いおかずなんて入ってないだろ！」

そんな感じでやいのやいの。

言い合っていると、彩乃ちゃんは観念したのか視線を落としてポツリと呟《つぶや》く。

「仕方ないじゃないですか。恋をしたことはあっても、男の人とイチャイチャするのは初めてですし……」

彩乃ちゃんは恥ずかしさを誤魔化《ごまか》すように髪を指でくるくるといじる。

その仕草に妙にドキッとしてしまって言葉が続かない。

「そ、そっか……なんか茶化《ちゃか》してごめん」

「いえ……」

どうするんだよこの空気！

なんて困っていると。

「ところで鳴海先輩」

「ん？　なに？」

「話は変わるんですけど、一つ聞いてもいいですか？」

「うん。いいよ」

「雨宮先輩ってどんな人なんです？」

彩乃ちゃんは空気を変えるように咳払《せきばら》いをして尋ねてきた。

「私は入学したばかりなので、雨宮先輩がどんな人か知りません。鳴海先輩に恋を教えてあげるといっても、相手がどんな人かわからないと的確なアドバイスをしてあげるのは難しいと思うんですよね。だから教えてもらえると助かります」

「どんな人か……そうだな」

俺はこの一年の演劇部でのことを思い出しながら答える。

「正直言うと、俺もそこまで知らないんだ。同じ演劇部で一年間一緒だったけど、俺は役者として入部したわけじゃないから、毎日部活に参加したりはしてなかったしさ」

主にカメラマンとして、公演や公演前の練習を撮影する時だけ駆り出されていた。

後は時間がある時やスカウト目的で練習を見学していたくらい。

「知ってることは、練習中はいつも一生懸命ですごくストイックな人だってことくらい。他の部員が楽しそうに練習をしている中で、一人だけ真面目《まじめ》すぎるくらいでさ。休憩時間も一人休まずに練習してるんだよ。だから、真面目でクールな印象もあって、孤立してたわけじゃないけど少しだけ浮いた存在だったと思う」

口にしながら気づく。

雨宮先輩の圧倒的な演技力は、才能だけじゃなくて努力の賜物《たまもの》なんだと。

そう思えるくらい、雨宮先輩はいつも一生懸命だった。

「でも、舞台に立った時の雨宮先輩があんなにすごいとは知らなかった。去年まで演劇部は上下関係が厳しくて、余程のことがない限り三年生以外は舞台に立たせてもらえなかったから」

これが実力主義の運動部みたいなノリだったら違ったと思う。

本当は俺もドラマ制作の勉強のために、監督とか演出みたいなことをしたかったんだが、上下関係が厳しいこともあって撮影や雑務以外をやらせてもらえなかった。

今年の三年生はみんな優しい人たちだから、きっと体制も変わるだろう。

「つまり雨宮先輩のことは、ほとんどわからないってことですね」

「ああ。挨拶《あいさつ》くらいで、まともに話したことは一度もない」

「それでよく雨宮先輩のことを好きになりましたね……」

「本当だよな……」

彩乃ちゃんは不満そうに口を尖《とが》らせる。

「鳴海先輩が雨宮先輩のことをほとんど知らないことがわかっただけでも収穫です。これからは恋の勉強をしつつ、雨宮先輩のことを調べていきましょう。恋は知識だけじゃなく、相手のことを知ることも大切ですからね」

「確かにな。ちなみに他にも大切なことってあるの？」

「後は……タイミングですかね」

ああ、確かにそれはドラマの中でもよく聞くな。

「タイミングが全《すべ》てとは言いませんけど、そう言ってもいいくらい重要です。どんなに仲が良くても、どれだけ相思相愛でも、タイミングが悪ければ友達以上の関係には進展しませんからね。本当、タイミングって大事だなぁ……はぁ」

なぜか彩乃ちゃんは自虐気味に呟いた。

なるほど。きっと彩乃ちゃんの初恋はタイミングが悪かったんだろうな。

「とにかく今は、恋や女の子との接し方を学ぶことが大切です。焦ってアプローチしても失敗するだけですからね。というわけで鳴海先輩、今日の放課後は下校デートをしましょう！」

「ごめん。今日の放課後は予定があるんだ」

「予定？　なんです？　少しくらいなら待ってますけど」

「恋の勉強と同じくらい大切なことさ。俺の目的は雨宮先輩と結ばれることだけじゃなくて、女優としてスカウトすること。彩乃ちゃんにも付き合ってもらいたいんだ」

「私は別に構いませんよ」

「ありがとう。じゃあ、授業が終わったら迎えに……」

そう言いかけた時だった。

昇降口から階段を上ってくる足音が聞こえてきた。

こんな使われていない旧校舎に誰か来たんだろうか？

そう思いながら視線を向けた、次の瞬間――。

「――え？」

彩乃ちゃんの肩越しに見慣れた姿が目に留まった。

「どうかしました？」

俺の様子に気づいた彩乃ちゃんが振り返り、俺たちは二人で固まった。

「雨宮先輩……？」

そこに立っていたのは雨宮先輩だった。

なんで？　どうして雨宮先輩がここに？

雨宮先輩は俺たちに気づくとピタリと足を止め、すぐに振り返って屋上を後にした。

「最悪だ……」

「鳴海先輩⁉」

激しいめまいと絶望で体の力が抜け、ベンチから転げ落ちる。

今朝《けさ》は彩乃ちゃんと手を繋いで歩いているところを見られ、今度は屋上で仲良くお昼を食べているところを見られた。

こんなの誰がどう見たって本物の恋人同士にしか見えない。

ていうか、どうして雨宮先輩が旧校舎の屋上に？

混乱する頭の中、唯一わかっていること。


――今度こそ終わった。

＊

屋上はポカポカ陽気なのに、俺の心の中は雪山の遭難映画のように吹雪《ふぶ》いている。あの手の映画の主人公は必ず生還するが、とても生きて帰れる気がしなかった。

その日の放課後——。

俺は彩乃ちゃんと一緒に進路指導室に向かっていた。

ちなみに雨宮先輩と遭遇した後、彩乃ちゃんに励まされているうちに昼休みは終わった。

彩乃ちゃんは朝と同じく『ああ、もう。どうにでもなりますから、そんなに落ち込まないでください！』と言っていたけど……本当に？　さすがに厳しい気がしてならない。

仮に大丈夫だとしても既にツーアウトで次はない。

最後の希望に懸けつつ、それはそれとしてやらなければいけないことがあった。

「鳴海先輩、進路指導室になんの用です？」

「筋は通しておこうと思ってさ」

「筋？」

可愛らしく首を傾げる彩乃ちゃん。

進路指導室の前に着いた俺たちはノックしてからドアを開ける。

すると中には、椅子《いす》に寄りかかりながらスマホを眺めている女性の姿があった。

「相変わらずだるそうですね。仁科《にしな》先生」

すこぶるやる気のなさそうな瞳《ひとみ》で俺たちを見据える。

この人は、俺と司の担任教師にして演劇部の顧問をしている仁科架純《かすみ》先生。

「誰かと思えば成瀬じゃないか」

「今、少しお時間大丈夫ですか？」

「進路の相談なら他の先生に当たってくれ」

「それは担任教師の台詞《せりふ》じゃないでしょう……」

ご覧の通り、仁科先生は誰もが認めるダメ教師だ。

かつては女優を目指し、大学在学中にスカウトをされて映画デビューが決定。女優の道に足を踏み入れかけたが、映画監督のセクハラに耐えられず殴ってしまい『こんなクソみたいな監督の作る映画なんて誰が出るか！』と叫んでデビュー直前に引退。

その後、教師になって演劇部を受け持っているものの、生徒に演技の指導をしたいからではなく自分が舞台に立ちたいからという、超個人的な理由だったりする。

その証拠に、実は先日の新入生歓迎会の舞台にも、仁科先生は出演していた。

二十代後半の女性がミニスカート姿の女子高生役（しかもギャル）で出てきたもんだから、全校生徒をはじめ教師一同も絶句。しかもこれが初めてじゃないから始末が悪い。

とはいえ、仁科先生が満場一致でダメ教師ってわけでもないんだが……。

「また進路指導室でサボりですか？」

「おいおい、まるで私が仕事をしていないかのような口ぶりはやめてくれ。仕事のできない私が働いたところでミスを連発するだけ。他の先生方に迷惑を掛けないよう、あえて仕事をしていないだけさ。人聞きの悪い奴《やつ》はモテないぞ」

「ほっといてください」

今は特に突き刺さりまくる。

「それで、なんの用だ？」

「頼まれていた新入生歓迎会の舞台映像、持ってきました」

俺はデータの入ったＳＤカードを差し出す。

「おお。わざわざ悪いな」

舞台の時はいつも仁科先生に撮影を頼まれているんだけど、別に生徒の指導に使うわけではなく単に自分が舞台に立っている姿を映像として残しておきたいかららしい。

教師になったとはいえ、この人は根っからの女優なんだろう。

「それと、今日は別件で話がありまして」

「別件？　失恋相談なら飯がうまそうだから聞いてやるぞ」

本当なんなの？

俺ってそんなに失恋オーラ出てるの？

なんて思いつつ、仁科先生の言葉を無視して続ける。

「雨宮先輩を、俺たちの映像制作チームにスカウトしたいんです」

「……映像制作チーム？」

仁科先生は目を細めつつ、興味深そうに眉《まゆ》をピクリと動かす。

やる気ゼロで濁っていた瞳に生気が戻った。

「実は俺、この子と司と一緒にドラマを撮ろうと思っているんです。そのために準備を進めてきたんですけど、この人だと思える女優が見つからなくて始められずにいたんです。でも、この前の公演を見て……雨宮先輩にヒロインを演じて欲しいと思って」

「なるほどな。おまえが演劇部に入部した理由はそれか」

仁科先生は納得した様子で呟いたものの。

「雨宮先輩は演劇部に所属していますから、部活に支障が出ないようには配慮します。もちろん雨宮先輩にオーケーしてもらえればの話ですけど……声を掛ける前に、演劇部顧問の仁科先生には断りを入れておこうと思って」

俺の説明を聞き終わると、難しそうな表情を浮かべた。

「事情はわかったが、どうしたものか……」

「なにか問題でもありますか？」

そう尋ねると、仁科先生は小さく息を漏らした。

「確かに雨宮は天才だ。百年に一人の逸材と言ってもいい」

百年に一人――いつもなら仁科先生の戯言《たわごと》だと思って取り合わない。

だが、こと演技における仁科先生の言葉だけは信じられる。かつて見たことがないほどに真剣な目をして口にした言葉には、一切《いっさい》の冗談っぽさはなかった。

「ただし、致命的な欠陥を抱えたな」

「え……？」

致命的な欠陥を抱えた、百年に一人の逸材……？

「どういう意味ですか？」

「成瀬、今日はこの後、部活に参加しろ」

「部活に？　ええ、いいですけど……」

「雨宮の個人的なことだから私から話すわけにはいかないが、ヒントくらいはくれてやる。その上で、雨宮が協力するというなら好きにするがいい」

「ありがとうございます」

「ただし、一つだけ条件がある」

「条件？　なんでしょう」

「私も女優として一枚かませろ」

「仁科先生もドラマに出せってことですか？」

「ああ。そんな楽しそうなこと、私抜きでやるなんて許さん」

ニヤリとしながら語る仁科先生は、年甲斐《としがい》もなくはしゃいでいるように見えた。

悪い話じゃない。むしろこちらからお願いしたいくらいだ。

仁科先生はダメ教師だが、元女優志望だけあって演技力は確か。舞台中は別人のような顔になり、水を得た魚どころか死んだ魚が蘇《よみがえ》るような変貌を見せて大衆を魅了する。

女優が多いに越したことはない。むしろ出てくれるなら配役の幅が広がって助かる。

ただ……。

「出てくれるのは大歓迎なんですが、女子高生役だけは勘弁してください」

「なんだと……？」

「さすがに先生の歳《とし》で女子高生役は限界があると思います」

「年上の女性に対して歳の話をするとはいい度胸だな」

仁科先生の眉がピクリと動く。

だが、俺も仁科先生を女優として受け入れるならここは引けない。

「俺たちは本気でいいものを作ろうと思ってるので、キャスティングには拘《こだわ》ります。それを抜きにしたって新人生歓迎会の時、ミニスカ姿の仁科先生の姿を見た全校生徒があまりの酷《ひど》さに絶句してたんですから。しかもあの後、校長先生にしこたま怒られたんですよね？」

「なぜそのことを知っている⁉」

「ミニスカ姿のまま校長室の前で立たされているのを見ました」

しかも両手に水の入ったバケツを持たされるとか。

まるで先生に怒られて立たされている生徒みたいで笑えたよ。

「いいじゃないか……私が女子高生役を演じたって。世の中のドラマを見てみろ。二十代半ばの女優だって高校生もののドラマに出てるじゃないか！　だったら私が女子高生役を演じてはいけない理由はない。二十六歳でも気持ちは十七歳、女子高生役を演じてなにが悪い！」

だだっ子みたいにプンスコしながらごねられた。

言いたいことはわかるけど、年齢以上に見た目の問題もあるじゃん？

内面はともかく顔は美人なんだから、自分に合った役をやればいいのに。

高い演技力があるのに宝の持ち腐れすぎる。

「まぁいい……私のキャスティングについては改めて話し合う場を設けるとして、そろそろ部室に向かおう。今日の部活内容は県が主催する春季大会のキャスティングについて。おまえが雨宮をスカウトしたいというのなら参加しておいて損はない」

仁科先生の言う雨宮先輩の致命的な欠陥がなにかはわからない。

でも、その場に居合わせることでヒントを得られるなら、参加しない理由はなかった。

＊

うちの学校は他の高校に比べ、かなり部活数が多い。

これも市町村合併により複数の学校が統廃合された影響の一つ。

というのも、普通は高校によってある部活ない部活というのがあるが、統廃合される際に既存の部活が全て残されることになり、結果、膨大な数の部活が運営されることになったらしい。

校舎の新設に伴い部室棟も建てられ、各部共にかなり立派な部室が与えられているんだが、演劇部はプロジェクター付きのダンスルームみたいな部屋を与えられていた。

「よし。全員揃《そろ》ってるな」

広い部室内に仁科先生の声が響く。

一番後ろの席で参加している俺には部員の後ろ姿しか見えないが、そこには当然、雨宮先輩の姿もあった。

座っている後ろ姿すら美しく、仁科先生の話も聞かずに目を奪われる。

同じ空間にいるだけでドキドキするとか、少し前の自分では考えられない。

「今日集まってもらったのは他でもない、五月の下旬に行われる春季大会のキャスティングを話し合うためだ。演目の詳細は渡したプリントに書いてあるから、まずは目を通して欲しい」

配られたプリントには、演目のタイトルと概要が記されていた。

高校演劇では有名な演目を採用することが多い。

ロミオとジュリエットを始めとするシェイクスピア作品や、近年では有名な映画など、誰もが一度は見聞きしたことのある作品の方が観客にとってわかりやすいからだ。

だが、この演劇部では徹底してオリジナル作品に拘っている。

その理由は仁科先生の『真に素晴らしい演技は認知を問わず、大衆の心を掴《つか》むことができる』という考えかららしい。

その考えには大いに同意だし、ドラマ監督を目指す身として参考になる意見なんだけど……

その熱意の一割でも教師としての仕事に向けてくれよと思わなくもない。

ちなみに脚本は仁科先生の大学時代の友人に無償で書かせているらしい。酷い。

「最初にヒロインを決めたい。この物語は恋するヒロインにスポットを当てた物語であるが故に、ここを決めずして他は決められない。自薦他薦は問わない。どうだろうか?」

仁科先生は立候補を募る。

だが手を挙げる部員はいない。

新入生歓迎会を除けばこれが新三年生にとっては最初の舞台。

やりたいと思ってはいても、そのプレッシャーから尻込《しりご》みしている人もいるだろう。

「誰も立候補せず……か。もし他薦もなかったら私がヒロインをやるが、いいのか?」

部員たちの顔が青ざめる。

マジでそれだけは勘弁してくれ。

ピュアなラブロマンスが突っ込みどころしかないコメディになってしまう。

ていうか、この役なら雨宮先輩以外に適任はいないだろ。

かつて優しかったヒロインが主人公との別れで心を閉ざし、氷の令嬢と呼ばれ周りから恐れられていたが、主人公と再会したことで人の心を取り戻していく心温まる物語。

誰しも雨宮先輩が適任だと思うから立候補しないんだろう。

「雨宮さんがいいと思います」

すると一人の女子部員が手を挙げて口にした。

それに賛同するように、他の部員たちも納得の声を上げる。

だが――。

「雨宮、どうだ？　やってみるか？」

「私は……」

なぜか雨宮先輩は困った様子で言葉を濁した。

意外だった。わずかに視線を伏せながら答える雨宮先輩の姿は、遠慮や謙遜《けんそん》をしているようには見えない。控えめながら、明らかな拒否の色を浮かべている。

あれだけの演技力があるのにどうして……？

ふと、進路指導室での仁科先生の言葉が頭をよぎる。

『確かに雨宮は天才だ。ただし、致命的な欠陥を抱えたな』

仁科先生は、この場に居合わせることがヒントだと言っていた。

つまり、雨宮先輩はなにかヒロインを演じられない事情を抱えているということか？

そして部員たちが満場一致で雨宮先輩をヒロインに推しているということは、この場にいる誰も仁科先生の言う雨宮先輩の欠陥を理解していない。

「まぁ、今日明日に決めなくてはいけないわけでもない。雨宮、考えておいてくれ」

「はい……」

その後、仁科先生が一通りの説明を終えたところで本日の部活は終了。

結局、雨宮先輩の抱える欠陥はわからずじまいだった。


「仁科先生！」

部活を終えた後、俺は教員室に戻る仁科先生を呼び止めた。

「どうかしたか？」

「仁科先生は、雨宮先輩がヒロイン役を受けないって知っていたんですよね？　だから俺に部活に顔を出すように言った。先生の言っていた致命的な欠陥があることを示すために」

「まぁ、そういうことだ」

「致命的な欠点てなんですか？　あれだけの演技力がある人が、舞台の花であるヒロインをやりたがらないなんておかしい。それほど重要なことなんですか？」

「部活の前にも言ったが、雨宮のプライバシーに関《かか》わることだ。知りたければ本人に直接聞

くがいいさ。私の口から教えてやれることはなにもない」

仁科先生はきっぱりと言い切る。

こうなると、なにを言っても教えてくれることはないだろう。

「ただな、私は雨宮に欠陥を克服して欲しいと思っている。そして、もしかしたらおまえなら雨宮の力になれるかもしれないとも思っている。残念ながら、女の私には教えてやれん」

「俺が……？」

「せいぜい頑張れ、男の子」

仁科先生はそう言うと、相変わらず気だるそうに歩いていった。

＊

「鳴海先輩！」

学校を出ると、校門のところで彩乃ちゃんに声を掛けられた。

「待っててくれたの？」

「はい。先輩の部活が終わるのを待ってる年下の彼女とか、グッときませんか？　年上の男の人なら一度は想像するシチュエーションですよね」

「ああ、うん……」

「なんですかそのリアクションは！　彼女への態度が雑ですよ！」

「ごめん。そういうつもりじゃないんだけど……」

「収穫なしってところですか？」

俺は彩乃ちゃんの言葉に小さく頷《うなず》き、先ほどのことを説明した。

雨宮先輩がヒロイン役に推薦されたが、雨宮先輩は返事を保留したこと。その時の雨宮先輩の様子から、なにかヒロイン役を演じることに抵抗を覚えているであろうこと。

仁科先生は、俺なら雨宮先輩の力になれるかもしれないと言っていたこと。

「あれだけの演技をした人が、大役を引き受けないなんてさ」

「そうですね。演劇に身を置く人なら誰だってヒロインを演じたいと思うでしょうし、立候補は抵抗があっても、推薦されればなんだかんだ喜んでやると思いますけど」

「俺もそう思ったんだ」

でも、雨宮先輩は快諾をしなかった。

「致命的な欠陥、ていうのが理由ですかね」

「そうだと思う」

「雨宮先輩って、新入生歓迎会ではなんの役でしたっけ？」

「ヒロインの友達役だった。メインキャストだけど主演じゃない」

「そうなると、ヒロインだから引き受けなかったってことですかね」

ヒロインだから……か。

「それに、鳴海先輩なら力になれるかもしれないってのも気になりますね」

「ああ。言葉の意味はわからないけど、仁科先生が演技に関することで適当なことを言うとも思えないし……なんだかわからないことだらけだよ」

どれだけ考えても雨宮先輩がヒロインを受けなかった理由はわからない。

だが、ヒロインを受けられない事情があるとわかっただけでも収穫だ。

少なくとも、その理由がわからない限りスカウトしたところで断られてしまうだろう。

俺たちは、仁科先生の言う『致命的な欠陥』がなにか、知る必要があった。

三話　二度ある修羅場は三度ある

彩乃《あやの》ちゃんと仮の恋人になって一週間――。

恋の勉強をしながら迎えた週末、俺《おれ》は地元の駅前で彩乃ちゃんと待ち合わせをしていた。

日曜日ということもあって行きかう人の数は多く、ロータリーにはバスや客待ちのタクシー、お迎えをする自家用車などが頻繁に出入りしていて騒がしい。

なんとなく落ち着かず、スマホの画面で時間を確認すると九時四十分。

「ちょっと早く来すぎたかな……」

待ち合わせの十時まで、まだ少し時間がある。

待ち人が来るまでの間、俺は先日の部室でのことを思い出していた。

ヒロインに難色を示した雨宮《あまみや》先輩と、致命的な欠陥を抱えていると言った仁科《にしな》先生。

いくら考えたところで答えが見つかるわけじゃないとはわかっているけど、ふとした瞬間に考えてしまう。

もちろん、本人に聞くのが一番早いのはわかっている。

ただ、雨宮先輩のあの表情を見る限り、安易に聞いたところで答えてくれるとも思えない。

Sukinako ni furaretaga.
Kohaijyoshi kara
"Senpai, Watashijya
dame desuka?"
to iwaretaken

少なくとも、雨宮先輩の抱える問題を教えてもらえるほどの関係は築けていない。

急がば回れとはよく言ったもので、それを知りたいのなら雨宮先輩と仲良くなるしかなく、仲良くなるためには彩乃ちゃんに恋を教えてもらうのが一番なわけで——。

今日は恋の勉強・実践編ということで、彩乃ちゃんとデートをすることになった。

「にしても、わざわざ駅で待ち合わせしなくてもよかったのに……」

俺と彩乃ちゃん、ちなみに司《つかさ》も、家は意外と近かったりする。

小学校が同じ学区だったんだから当然と言えば当然だが、俺たち三人の家は歩いて十分ほどの距離にある。ぶっちゃけ駅で待ち合わせをするより迎えに行った方が早い。

それでも待ち合わせ場所を駅にしたのは、彩乃ちゃん曰《いわ》く『デートは待ち合わせからスタートです！』ってことらしい。デート後には『家に着くまでがデート』とか言いだしそう。

まぁでも、このソワソワする感じは確かにデートっぽいのかもな。

なんて考えている時だった。

「お待たせしました」

肩をちょんちょんとつつかれて振り返る。

「すみません。準備に手間取ってしまって……」

「いや、俺もさっき来たばかりだし、まだ待ち合わせ時間の前だから……」

なんて、画面の向こうでよく聞くセリフを口にしつつ動揺を隠せない俺。

なぜなら、彩乃ちゃんの私服姿が見るからに気合の入った感じだったから。

春らしい少し薄手のブラウスにフレアスカートのコーディネート。

全体的に可愛《かわい》らしい着合わせに、学校や古民家スタジオで会う時には見せない少し華やかなメイク。はっきりとしたアイラインと目元のピンクのアイシャドウに目を奪われる。

彩乃ちゃんの私服姿は何度も目にしたことがある。

でも今日の彩乃ちゃんは、今まで見た中で一番綺麗《きれい》だった。

「先輩、ちょっと見すぎじゃないですか？」

「ご、ごめん！」

「なにか感想があるなら、彼女にはちゃんと言ってあげるべきですよ」

なるほど。もう既に勉強は始まっているってわけか。

「なんて言うか、いつもより綺麗で驚いたんだ。洋服もすごく似合ってると思う……」

我ながらなんてベタな褒め方だろうと思う。

でも仕方ないだろ。女の子の服装を褒めたことなんてないし、しかもよく知っている女の子がこんなに可愛くなって現れたら、ギャップにやられて冷静じゃいられない。

まさか彩乃ちゃんに対してドキッとする日が来るとは思わなかった。

「ま、まぁ……彼氏としてはギリギリ合格ってところですね」

彩乃ちゃんは少し照れた感じで口にした。

「ふふふっ。じゃあ行きましょうか♪」

彩乃ちゃんは満足そうに笑みを浮かべると、俺の手を取って歩き出す。

こうして手を繋《つな》いで歩くのもだいぶ慣れてきたが、意識してしまっているせいか……余裕を見せる彩乃ちゃんとは対照的に、俺は登下校の時よりも恥ずかしさでいっぱいだった。

＊

その後、俺たちが向かったのは近くのショッピングモールだった。

ここは地元で唯一の大型施設で、週末ともなれば多くの人が集まる。

メインとなるモール部分の他に、敷地内には映画館や家電量販店、温泉施設などがあり、年齢を問わず楽しめるものが揃《そろ》っているため、学生の他にも家族連れやお年寄りも多い。

週末だからという理由以外にも、他に遊べるような場所がないという田舎《いなか》特有の事情のせいもあってモール内は人でごった返していた。

「とりあえず色々見て回る？」

「はい。夏に向けて洋服が欲しいと思ってたんですよね」

「じゃあ付き合うよ」

「いいんですか？」

「もちろん。彼女の買い物に付き合うのも彼氏っぽいだろ？」

「いい心掛けです。じゃあ行きましょうか♪」

こうして彩乃ちゃんの買い物に付き合うことに。

あちこちのショップを巡りながら、楽しそうに洋服を見て回る彩乃ちゃんを見て思う。

こうして彩乃ちゃんが年相応の女子高生としてショッピングを楽しんでいる姿を見ることができるなんて、出会った頃《ころ》には想像もできなかった光景だ。

過去を知っているからこそ感慨深い気持ちにもなるし、意外と言ったら失礼だが、彩乃ちゃんも女の子なんだと思い知らされる。

意外といえばもう一つ。

彩乃ちゃんを連れてモールを歩いていると、同じ歳《とし》くらいの男の視線が妙に気になった。

確かに今日の彩乃ちゃんは可愛い。でもそれは今日に限った話ではなく、普段距離が近すぎて気づいていなかっただけで、彩乃ちゃんは普通に女の子として魅力的なんだろう。

傍《そば》にいてわかっているつもりでいたけど、案外気づかないものだよな。

「鳴海《なるみ》先輩、このお洋服どうですか？」

手にしているのは、白をベースにした花柄のワンピース。

「いいじゃん。似合うと思うよ」

「本当ですか？　じゃあ買おうかな……と思いましたけど、また今度にします」

「どうして？　気に入ったなら買えばいいのに」

「ちょっと予算が……今日のデート費用が足りなくなってもあれなので」

「デート費用は俺が出すから気にしなくていいよ」

「いえいえ。さすがに悪いです」

「彩乃ちゃんには協力してもらってるし、今日だって俺のために時間を割いてもらってる。お金の問題じゃないけどさ、そのくらいのお礼はさせてもらいたいんだ」

彩乃ちゃんはしばらく困った様子を浮かべていたけれど。

「そういうことなら、お言葉に甘えてもいいですか？」

「ああ。もちろん」

「ありがとうございます！　じゃあちょっと試着するので待っててください♪」

彩乃ちゃんはワンピースを手にルンルンで試着室へ消えていく。

試着室の前で待つこと数分——。

「お待たせしました」

試着を済ませた彩乃ちゃんが試着室の中でくるっと回って見せる。

「どうですか？」

「うん。すごくいい。似合ってる」

「じゃあ、夏になったらこれを着てデートしましょうね♪」

そう口にする彩乃ちゃんは、すこぶる上機嫌。

鼻歌を歌いながら試着室へ戻っていった。


お会計を済ませた後、俺たちはモール内をぶらぶらしながら過ごした。

アパレルショップだけじゃなく、人気のあるセレクトショップやアクセサリーショップ。普段は足を運ばないお店にも行ったりして、一人で買い物に来るよりずっと楽しい。

お腹《なか》がすいたらフードコートで食事をしたり、通りかかったゲームセンターで遊んだり、気が付けば恋の勉強だということを忘れて楽しんでいる自分に驚いてしまう。

彩乃ちゃんも同じようで、いつも以上にテンションが高い。

さすがに遊び疲れた俺たちは、モール内の喫茶店《きっさてん》で休むことにした。

「ちょっとハメを外しすぎちゃいましたね」

「いつも休みの日はスタジオで創作談義ばかりだから、たまにはこういう日があってもいいと思うよ。なにより、俺にとっては楽しいだけじゃなくて勉強にもなってるしさ」

「お役に立てているならよかったです」

「正直、めちゃくちゃ助かる。彩乃ちゃん相手にいろいろ経験ができるのもそうだけど、デート中のカップルもたくさんいるから、それを眺めているだけでも考えさせられるよ」

今まではカップルを見てもなにも思わなかった。

でも自分が恋をしてみると、その見え方はずいぶん変わる。

幸せそうな恋人たちを見て羨《うらや》ましいと思うし、幸せそうで微笑ましいとも思う。いつか自分が雨宮先輩と付き合えた時は、どんな付き合いをしていくんだろうと想像もする。

今まで理解できなかった感情を理解できるということがシンプルに楽しい。

もし今、過去に見た映画を見直せば、きっとまた違う印象を受けるだろう。

この経験は、俺がこの先ドラマを撮る上で間違いなくプラスになるはずだ。

「ところで鳴海先輩。一つ、聞いてもいいですか？」

「なに？」

彩乃ちゃんは手にしているカフェオレを見つめながら尋ねてくる。

聞きにくいことなのか、少しの間があった。

「雨宮先輩の、どこを好きになったんですか？」

「それは……正直、言葉にするのは難しいんだ」

もちろん考えなかったわけじゃない。

むしろ、人生で一番と言っていいほど考えた。

初めて恋をして、知らなかった感情を知って、自分が雨宮先輩に対して抱いているこの感情はいったいなんなんだろうって。

ドラマや映画の中で見てきた恋という、知ってはいるけれど知らなかったもの。

いざ自分がその感情に向き合ってみると、自分の気持ちなのに理解ができない。

雨宮先輩のことを考えていると、幸せな気持ちにもなるし、辛い気持ちにもなる。未来を夢見て希望を抱くこともあれば、地の底に堕《お》ちていくような絶望に襲われることもある。

この想《おも》いが恋だと理解するだけで精一杯だった。

「きっかけが、あの舞台だったのは間違いない。今まで女の子にこんな気持ちを抱くことなんてなかったから、どこが好きかと聞かれてもわからない。ただ……こういうのって、理屈じゃないんだと思うんだ。まぁ、ドラマの受け売りだけどさ」

雨宮先輩を好きだと思う気持ちは本当だ。

だけど、それを上手《うま》く言葉にすることができない。

よく画面の向こうでは『あの人のどこが好きなの？』と聞き、聞かれた方が『全部好き』と答えるシーンがある。まさにその通りで、どことというよりも全《すべ》てに惹《ひ》かれている。

普段のクールな表情も、練習中の必死な姿も、舞台で見せた圧倒的な才能も。

雨宮先輩を思い出すと、その全てに感情が振り回される。

「まぁ、その気持ちはわからなくはないですよ」

彩乃ちゃんは小さく呟《つぶや》いた。

理解を示してくれる彩乃ちゃんも、初恋の時はこんな気持ちだったんだろうか？

「彩乃ちゃん。俺も一つ聞いてもいいかな?」

「なんですか?」

「彩乃ちゃんが初恋の人を好きになった時って、どんな感じだったの?」

「ごふっ——!!」

彩乃ちゃんは口にしていたグラスを離してむせ込んだ。

「大丈夫?」

「だ、大丈夫です……」

彩乃ちゃんはバッグからハンカチを取り出して口元に当てながら答える。

「なんですか急に」

「人と比べることじゃないとは思うけど、他の人ってどんな感じなのか気になってさ」

「別に……鳴海先輩と同じですよ」

彩乃ちゃんは目をそらし、ストローをくるくる回しながら答える。

「きっかけは些細《ささい》なことでした。でも、私にとってはすごく大切なことで……その日から、気が付けば好きになっていました。どこが好きかと言われれば、優しいところとか、笑顔が可愛いところとか色々あります。でも、それは好きな要素の一つでしかなくて、結局好きになったきっかけはあっても、どこが好きかなんて全部好きとしか答えようがないですよね」

彩乃ちゃんは自分の言葉に納得するかのように頷《うなず》く。

「だから、鳴海先輩が話をしたこともない雨宮先輩に恋をするのも、別に不自然なことじゃないですよ。どこが好きかなんて、質問するまでもないことでしたね」

なんだか少しほっとした。

初めての恋だから右も左もわからずに不安だったけど、彩乃ちゃんも同じなんだというだけで安心できる。

やっぱり持つべきものは恋の先輩だよな。

「彩乃ちゃんは、その人との仲はどうなの？」

「どうって……まぁ、仲良くはしてますけど」

「告白する予定とかないの？」

「なくはない、ですけど……」

「俺でよかったら協力するよ」

なんて言ったら、彩乃ちゃんに思いっきり睨《にら》まれた。

なにか言いたそうな表情を浮かべると、深海より深そうなため息を吐《つ》く。

彩乃ちゃんにはお世話になってるし、俺が協力できるならと思ったんだけど……まぁ、俺みたいな恋愛初心者に協力をしてもらったところでどうにもならないか。

威嚇《いかく》する猫みたいに俺を睨んでいるのは、これ以上聞くなという意思表示らしい。

「私のことはいいんです。今は自分のことだけ考えてください」

はい。なんかすみません……。


「さて、どうしましょうか?」

喫茶店で一休みした後、なんだかんだ遊び倒して気が付けばもう夕方。

楽しい時間はあっという間に過ぎるというのは本当らしい。

「帰るにはまだ早い時間ですけど、どこか見たいお店とかあります?」

「せっかくここまで来たし、最後に映画でも見ていかない? 今上映中の映画で注目してる女優が出てるのがあるんだよね。ドラマ制作の参考にもなると思うんだ」

「注目してる女優って誰《だれ》ですか?」

「小桜澪《こざくらみお》っていう女優なんだけど、知ってるかな?」

「知ってますよ。たしか現役《げんえき》女子高生の人ですよね。最近テレビドラマでよく見かけます」

「そう。彼女の初主演映画なんだよ。同じ高校生であれだけの演技ができる人はそういない。雨宮先輩もすごいと思ったけど、小桜澪を初めて見た時も似たような衝撃を受けたんだよね」

テレビと舞台で違いはあるだろうけど、二人には同じくらいのすごさを感じている。

そう考えると、生の舞台という補正があるとしても、プロの女優と同じくらいの衝撃を受けた雨宮先輩の演技は改めてやばいと思えてくる。

「女の子とのデートで映画は定番ですけど、理由がドラマ作りのためっていうのが鳴海先輩らしいですね。いいですよ。行きましょうか」

「ありがとう」

「あ、でも映画館に行く前に行きたいところがあるので、少しここで待っててください」

「ここで？　せっかくだから付き合うけど」

「大丈夫です。すぐに戻ってきますから」

「いやいや、遠慮しなくていいって」

すると彩乃ちゃんは何か言いたそうに俺をじっと見る。

な、なんだろう……俺、なにかミスでもやらかしたか？

「鳴海先輩は察しが悪いので言いますけど、女の子が行き先も言わずに席を外す場合は大抵お手洗いです。恥ずかしくて言えない人もいますから、その辺察してあげてください」

「そ、そっか。ごゆっくり」

そう答えると、彩乃ちゃんは一人その場を後にした。

なるほど。お手洗いに行くのも気にする子は気にするのか。お互いに気心が知れてくればその手の遠慮はなくなるんだろうけど、確かに付き合いたてや初デートだと気を使いそうだな。

脳内のメモ帳に書き記しつつ、彩乃ちゃんが戻るのを待つ。

でも、しばらく待っても彩乃ちゃんは戻ってこない。

「彩乃ちゃん、まだかな……」

スマホで時間を確認すると既に十五分が経《た》っていた。

男よりも時間が掛かるのはわかるけど、それにしても遅い気がする。

混んでいるのか、それとも体調が悪かったんだろうか。まさか倒れていたりして……。

一度悪いことを想像すると嫌でも不安になってしまうもの。

心配になった俺は足早にお手洗いに向かう。

「彩乃ちゃん……？」

すると途中で彩乃ちゃんの姿を発見。

なにやら見知らぬ男と話をしていた。

「友達か？」

なんて思ったが、すぐに様子がおかしいことに気づく。

彩乃ちゃんは明らかに拒絶した様子で相手と距離を取ろうとしていた。

「いいじゃん。一人なんだろ？　一緒にお茶でもしようよ」

「だから、一人じゃないって――」

「その手を離せ」

彩乃ちゃんの肩に馴《な》れ馴れしく置いている手を掴《つか》んで持ち上げる。

「なんだおまえ」

「鳴海先輩……」

腕を掴んだまま彩乃ちゃんと男の間に割って入った。

「関係ねぇ奴《やつ》は引っ込んでろ」

「今の言葉、そっくりそのまま返してやるよ。人の彼女に手を出すな」

相手が俺に向けている敵意を倍にして返すつもりで睨みつける。

相手の男は俺の手を振り払い、きまりの悪そうな顔を浮かべ。

「ちっ……男付きかよ。面倒くせえな」

そう吐き捨て、その場から去っていった。

「彩乃ちゃん、大丈夫だった?」

「はい……」

「変なことされたりしなかった?」

「大丈夫です。ありがとうございます」

言葉では気丈に振る舞うものの、俺の服の袖《そで》を掴む手に力が入っているのを見る限り、よっぽど怖かったんだろう。

「怖い思いさせてごめんな。もっと早く様子を見に来るべきだった」

「私の方こそごめんなさい……待っててって言ったのは私ですから」

「次からは目の届く範囲から離れないようにするよ。彩乃ちゃんになにかあっても俺が守るから安心して。それにほら、今は恋人同士なんだから、彼氏が彼女を守るのは当然だろ？」

安心させようと少しおどけながらそう言うと。

「そうですね。彼氏としては百点満点です。でも――」

「でも？」

「もし、私が彼女じゃなくても助けてくれましたか？」

「そんなの当然だろ。俺にとって彩乃ちゃんが大切な人なのは変わらないんだから」

「それならよかった……」

彩乃ちゃんは安心したのか、ようやく笑顔を取り戻したのだった。


その後、彩乃ちゃんが落ち着いてから映画館へ向かった俺たち。

入り口が近づくと、ちょうど上映が終わったのか多くのお客さんたちとすれ違う。

「次の上映まであんまり時間が空いてないといいですね」

「そうだね」

なんて会話をしながら上映時間の確認をしようとした時だった。

「……は？」

見慣れた姿が目に飛び込んできて、思わず息が止まった。

「……嘘《うそ》だろ？」

「え？　なにがですか？」

「雨宮先輩……」

彩乃ちゃんは俺の視線の先に目を向ける。

そこには、俺たちの方に向かってくる雨宮先輩の姿。

彩乃ちゃんと一緒にいる時に雨宮先輩と遭遇するのは三度目。

二度ある修羅場は三度ある――とはいえ、さすがにこれ以上はまずい。

その場から離れようと一歩踏み出すが、その前に雨宮先輩に気づかれてしまった。

「鳴海君だよね？」

名前を呼ばれた瞬間、身体が凍り付いたように動かなくなった。

名前を呼んでもらえた喜びなんて感じることはできず、頭を巡るのは言い訳ばかり。

それすらも緊張と焦《あせ》りで言葉にできず、池の鯉《こい》みたいに口だけがパクパク動く。

「鳴海君も映画を見に来たの？」

「は、はい……」

かろうじて返事したが声がかすれる。

「そう。ところで隣の子は、鳴海君とどういう関係なのかな？」

心臓が大きく跳ねる。

まさかいきなりその質問とは。

彩乃ちゃんと恋人のように過ごしている場面を二回も見られた上に、休みの日にデートをしているところを見られた以上、もはや言い訳なんてできないだろう。

返答次第で俺の初恋が早くも終わりを迎えるかもしれない。

瞬時に様々な言い訳を考えるが、ベストな回答は浮かばない。

思わず助けを求めて彩乃ちゃんに視線を向けると、さすがの彩乃ちゃんも困惑した表情を見せていた。

だが次の瞬間、彩乃ちゃんは俺の腕にしがみつき、まさかの言葉を口にした。

「彼女です！」

「なっ——!?」

周りのお客さんの歓談の声が響く中、俺たちの周りだけ時間が凍り付く。

彩乃ちゃん、なにを言ってるんだ……二人でいるところを見られても言い訳のしようはあるって言っていたのに、はっきりと明言してしまったら誤解を解くどころの話じゃなくなる。

「鳴海先輩、後はお任せします」

「え——……」

「ちゃんと説明してあげてくださいね」

「ちょ、ちょっと待って——！」

伸ばした手は空を切る。

彩乃ちゃんは笑顔で言い残すと、一人でその場を後にしてしまった。

「「…………」」

無言の俺と雨宮先輩。

「やっぱりあの子と付き合ってるんだね」

「ち、違うんです！　誤解です！」

「でもあの子、彼女って言っていたけど」

「それは……」

マジでどうする？　どうしたらいいんだ？

彼女と明言する前ならともかく、こうなってしまったら誤魔化《ごまか》しはできない。

彩乃ちゃんが一方的にそう言っているだけだと言い訳したところで、不誠実な男だと思われておしまいだろう。

もう、本当のことを話すしかない。

「……実は俺、初めて好きな人ができたんです」

「え……？」

いきなりなにを言っているんだと思われるだろう。

雨宮先輩は驚いた様子を浮かべていたが構わず続ける。

「今まで誰かを好きになったことがなくて、女の子とどう接していいかわからないから声を掛けることもできずに悩んでいたんです。そんな時、あの子――彩乃ちゃんから『女の子との接し方を勉強するために私と付き合いましょう』って提案をされたんです。恋人みたいに過ごすことで少しずつ女の子に慣れていこうって」

自分でもなに言ってんだって思う。

嘘偽りのない真実だけど、それを好きな人に言うなんて。

雨宮先輩はまさか俺の好きな人が雨宮先輩本人だとは思ってないだろう。

「つまり、仮の彼女みたいな感じってこと？」

「そう！　まさにそんな感じです！」

思いの外すんなりと理解してくれた様子の雨宮先輩。

これなら誤解が解けるかもしれない！

「それって……」

雨宮先輩は言葉を濁す。

直後、ぼそりと呟いた

「それって、あの子じゃなくて私じゃダメかな……？」

「え……私じゃダメ？」

言葉の意味がわからず思わず聞き返す。

鳴海君の彼女、
私じゃダメかな？

はっきりと口にしながら上げた顔は、普段のクールさは微塵《みじん》もない。
雨宮先輩はまるで恋する乙女のように、照れて真っ赤《まか》な顔をしていたのだった。

四話　好きな人が彼女になった

翌日の日曜日——。

「そんなわけで、雨宮《あまみや》先輩と付き合うことになった」

俺《おれ》は古民家スタジオで、司《つかさ》と彩乃《あやの》ちゃんにそう伝えた。

「本当に？」

「ぐぬぬ……」

驚いた様子の司と、どこか納得のいかない様子の彩乃ちゃん。

彩乃ちゃんは絶賛不機嫌中のようで、先日同様、タブレットに一匹のうさぎを取り合う二匹のうさぎのイラストを描いているんだけど、前回以上に仁義なき戦い感がすごい。

自分でも未《いま》だに信じられないが、どうしてこんなことになったのか？

不機嫌そうな彩乃ちゃんを横目に、俺は雨宮先輩との出来事を説明し始める——。

＊

「鳴海《なるみ》君の彼女、私じゃダメかな?」

生まれて初めて、耳を疑うという言葉の意味を理解した気がした。

いや、もちろん言葉の意味は理解できている。

聞いた言葉をその通り受け取るのであれば、雨宮先輩が俺の彼女になるということだ。

だけど、そんなことを雨宮先輩が口にするとは思えず、俺が雨宮先輩を想《おも》うあまり耳が都合のいいように聞き取ったんじゃないだろうか?

そんな疑いばかりが先行してしまう。

「やっぱり……私が彼女じゃダメ?」

聞き間違いじゃない!

やっぱり彼女って言った!

「突然変なことを言ってごめんね」

「いえ……でも、どういうことですか?」

「もう、それしか方法がなくて……」

舞台上とは打って変わって弱々しい雨宮先輩の声。

わずかに震えるか細い声からは、なにか特段の事情が窺《うかが》えた。

少なくとも、愛を伝える言葉にしては愁いを帯びすぎている。

自分が彼女じゃダメかと問われて天にも昇る気分だったのも束の間、俺たちの間に流れる不穏な空気に、初めてまともに話をする緊張すらも消え去っていた。

「なにか、事情があるんですよね？」

確信を持って尋ねると、雨宮先輩は小さく頷《うなず》く。

上げた顔には、一転して決意のようなものが見て取れた。

「鳴海君、少し時間あるかな？」

「え、ええ。大丈夫ですけど」

「ちゃんとお話がしたいから、どこかでお茶でもしない？」

「はい。わかりました」

雨宮先輩に促され、俺たちは映画館を後にしてモール内の喫茶店《きっさてん》に移動した。

ついさっきまで彩乃ちゃんと一緒にいた喫茶店に、今度は雨宮先輩と一緒にいる。

さっきの時間がいい練習になったような、なっていないような……少し複雑な気分。

俺たちは適当に飲み物を頼むと、周りに誰《だれ》もいない一番奥の席に腰を掛けた。

「ごめんね。突然、変なことを言って」

頼んだ紅茶に手も付けず、雨宮先輩は頭を下げて口にする。

浮かべている必死な表情は先ほどから変わらない。

「いえ。謝ることなんてないので、事情を聞かせてください」

「うん。実は私ね……」

少し唇を噛《か》んだ後、雨宮先輩は口を開いた。

「ヒロインを演じられないの」

「……え？」

ヒロインを演じられない？

俺の頭の中を疑問符が駆け巡る中、雨宮先輩は続ける。

「ヒロイン役って多くの場合、主人公との恋愛要素があるでしょ？　私は恋心がわからなくて、どうしても恋するヒロインの気持ちを理解できないの」

「それがヒロイン役を受けなかった理由ですか？」

雨宮先輩は『うん……』と小さく呟《つぶや》いた。

「今まで感じたことのある感情ならいくらでも演じることができるけれど、わからない感情はどうしてもダメなんだ……今の私が恋するヒロインを演じられるとは思えなくて」

「いくらでも……？」

その言葉が頭のど真ん中で引っかかる。

恋心がわからないから、恋するヒロインの気持ちを理解できないというのはわかる。

ただ、感じたことのある感情なら『いくらでも演じることができる』という方に驚いた。

役者の演じ方は人それぞれ違うものの、大きく三つのタイプに分かれる。

過去の経験から近い感情を思い出して演じる感覚型の人。徹底的に役の気持ちを理解して表現する分析型の人。天才的な感覚で、まるで降霊術のように役を身に宿す憑依《ひょうい》型の人。

どれが正解というわけでなく、人それぞれ自分に合った方法があるんだろう。

ただ、雨宮先輩のタイプは三つのうちのどれとも言い難《がた》い印象を受けた。

どれかといえば最初のタイプに近いが、目にしたアレは再現性のレベルが違う。

いや、再現とはまた違う――それ以上に高いレベルで感情を表現していると感じた。

仁科《にしな》先生の言っていた言葉が改めて頭をよぎる。


『確かに雨宮は天才だ。百年に一人の逸材と言っていい』

『ただし、致命的な欠陥を抱えたな』


つまり百年に一人の天才とは、比類なき感情の再現性の高さ。

抱える欠陥とは、知らない感情を全く演じることができないということ。

「鳴海君？」

「あ、すみません！」

思わず考え込んでしまっていて、慌てて雨宮先輩に視線を向け直す。

つまり、先日のミーティングでヒロイン役に難色を示した理由はこれだった。

「このことは仁科先生にも相談をしていたの。それなら恋をしてみればいいって言われたんだけど、しようと思ってできるものでもないでしょ？　どうしたらいいか迷っていた時に、鳴海君の話を聞いて、それで思わず……あの子じゃなくて、私じゃダメかなって思ったの。恋人を作れば私もヒロインの気持ちを理解できるかもしれないと思って」

なるほど。

考え方としてはありだろう。

「私は思い出さなくちゃいけない。誰かを好きになった時の気持ちを」

そう語る決意に満ちた表情の裏には、悲しみのようなものが見て取れた。

「…………」

正直これは、すごいチャンスなんじゃないだろうか？

彩乃ちゃんに彼女だと暴露された時はこの世の終わりだと思った。

でも、結果的に雨宮先輩と話すチャンスが得られ、それどころか彩乃ちゃんの代わりに俺の彼女になりたいと言ってくれている。

仮初《かりそめ》の恋人関係だとしても、俺は雨宮先輩と仲を深めることができ、雨宮先輩は恋を知る機会になるかもしれない。

お互いにとって、これ以上ないメリットがある。

それに、たいして仲良くもなかった俺にこんなことを頼んでくるくらいだ。雨宮先輩にとって、もうなりふり構っていられないという強い覚悟と切実さが窺える。

そしてなにより――。

「わかりました。俺でよかったら協力します」

「いいの？」

「俺としては恋を勉強する相手が彩乃ちゃんから雨宮先輩に代わることに問題はありません」

もう一つの目的を叶《かな》えるチャンスにもなる。

「ただ、俺からも一つ、お願いがあります」

「お願い？」

「雨宮先輩が恋心を理解して恋するヒロインを演じられるようになったら、俺の作るドラマのヒロインを演じてもらえませんか？」

「鳴海君の作るドラマ？」

雨宮先輩は少し驚いた様子で俺の言葉を繰り返す。

それまで不安そうにしていた雨宮先輩の瞳《ひとみ》に色が戻った。

「実は俺たち、ドラマを作ろうとしているんです。さっき一緒にいた子――彩乃ちゃんと、親友の司と三人で準備をしてきたんですけど、演じてくれる女優がずっと見つからなくて。新入生歓迎会で雨宮先輩の演技を見た時、この人しかいないって思ったんです」

自分でも不思議だった。

雨宮先輩を前にして以前のように緊張しないのは、夢を語っているからだろうか。

「ドラマのヒロインは雨宮先輩以外に考えられない。お願いします！」

テーブルに額が付くほどに頭を下げる。

しばらくお互いに言葉はなく、周りのお客さんの話し声が俺たちを包む。

「わかった」

「本当ですか⁉」

「鳴海君たちの作るドラマに興味があるし、もし私が誰かを好きになる気持ちを理解できてヒロイン役を演じられるようになったら、喜んで協力させてもらう」

そう言ってわずかに口角を上げた表情は、雨宮先輩が見せた初めての笑顔。

その笑顔の美しさに、見惚《みほ》れずにはいられなかった。

*

「なるほどね。まさか鳴海の初恋がこんなに早く叶うとは夢にも思わなかったよ」

説明を終えると、司は感慨深そうに頷《うなず》いた。

「初恋が叶ったって言っても、正式なお付き合いってわけじゃないからな。俺の好きな人が雨宮先輩だって伝えたわけじゃないし、表面上はお互いの目的のためみたいな感じだから」

そう。互いの利害の一致から生まれた関係。

彩乃ちゃんが仮の彼女だとすれば、雨宮先輩は契約上の彼女みたいな感じ。

「そう考えると、迂闊《うかつ》に喜んでもいられないんだよなぁ……」

「付き合う理由がお互いの目的のためとはいえ、大きな前進だと思うよ。最初は相手に好意がなくても、お付き合いをしているうちに好きになったりすることもある。きっかけが必ずしも相思相愛で始まるとは限らないさ」

「そういうもんなのか？」

「恋愛でよくあるパターンだよ。後はそうだねぇ……好きな人のことを別の異性に相談しているうちに、気が付いたら相談相手の方を好きになってしまったパターンとか王道だよね」

ああ、確かに。

そっちは恋愛ドラマや漫画なんかでもよく見るよな。なんだかんだ相談しているうちに、本当の愛に気づきました的な展開はドラマや映画あるあるだ。

「相談相手の方を好きになる……？」

それまでうさぎたちの仁義なき戦いを描いていた彩乃ちゃんの手が止まり、わずかに耳がピクリと動く。それと同時、放っている負のオーラが少しだけ穏やかになった気がした。

よくわからないが、気になっていたことを聞くなら今がチャンス。

「ところで彩乃ちゃん」

「なんですか」

それまで顔も見てくれなかった彩乃ちゃんだったが、頬《ほお》を膨らませて不満そうにはしているもののようやく目を合わせてくれて一安心。

年頃《としごろ》の女の子って難しい。

「もしかしてさ、あの時わざと『彼女です』って言ってくれた?」

「どうしてそう思うんです?」

「あの一言のおかげで本当のことを話さざるを得なくなって、結果的に一番いい結果になったからさ。彩乃ちゃんが意味もなく暴露するとも思えないし、もしかしたらって思って」

尋ねると、彩乃ちゃんはやれやれといった感じで続ける。

「私と一緒にいるところを一度や二度見られただけならともかく、さすがに三度目ともなると言い訳のしようがありませんからね。本当のことを話す必要がありました。かと言って、面識がない私が説明したところで嘘《うそ》っぽいですし、鳴海先輩の口から本当のことを話す機会を作らないといけないなと思ったんです。まぁ、上手《うま》くいくかどうかは鳴海先輩次第でしたけど」

「やっぱりそうか」

「だから、ちゃんと説明してあげてくださいって言い残したんですよ」

うん。確かにそう言っていた。

「まぁ、爆弾を放り投げるようなやり方でしたけど、爆発《ばくはつ》したら爆発したらでいいやーって思ったので、ちょっと無茶しましたけどね」

「……うん。次からはあまり無茶しないで欲しいな」

「でもまさか、雨宮先輩が私の代わりに鳴海先輩の彼氏になりたいとかほざきやがってくださるとは予想もしませんでしたけどね」

ほ、ほざ……聞き間違いだろうか？

すごく失礼なことをすごく丁寧に言っていたような気がする。

「雨宮先輩と付き合えてよかったですね。これでもう私の協力は必要ないですね。せいぜい仲良くして、仲良くしすぎてウザがられて面倒臭い彼氏だと思われてくださいね」

「喜んでくれてるのか判断に迷うなぁ……」

「まぁまぁ、そう言わず協力してあげなよ」

ご機嫌斜めな彩乃ちゃんを司がたしなめてくれる。

「頼むよ彩乃ちゃん。それに俺、彩乃ちゃんの協力が必要ないなんて思ってない。付き合えたとしても、まだまだわからないことだらけだからさ。彩乃ちゃんにはこれからも恋を教えてもらわないと、雨宮先輩と上手くやることなんて無理だと思ってる」

これは本心でそう思う。付き合えたから終わりじゃない。

成就《じょうじゅ》率一パーセントの初恋を叶えるには、むしろこれから。

「俺には彩乃ちゃんが必要なんだ」

「私が必要……」

そうお願いをすると、彩乃ちゃんはちらちらと俺の方を見つめる。

「本当にそう思ってます?」

「もちろん。彩乃ちゃんがいなきゃダメだと思う」

「私がいなきゃダメ……そ、そこまで言うなら仕方ないですね。本当、鳴海先輩は私がいないとダメなんですから。あーもう、仕方がない仕方がない。協力してあげますよ!」

「ありがとう」

彩乃ちゃんは機嫌がよくなったようで、ちょっと誇らしげに声を上げた。

そんな俺たちを見て、司が楽しそうに笑っているのはいつものこと。

「徐々にとはいえ、目的に向かって前進できているのはいいことだね。鳴海には雨宮先輩が恋を知るために頑張ってもらいつつ、彩乃には本格的に脚本に取り掛かってもらおう。僕はその他もろもろの下準備を進めておくからさ」

「そうだな」

「近いうちに打ち合わせをしよう。来週辺りどうかな?」

「俺は大丈夫」

「私も平気」

「オーケー。日程は改めて連絡するよ」

停滞していたドラマ制作が、雨宮先輩との出会いで動き出す。

こうして俺たちは、着々と準備を進めることになった。

＊

翌日、月曜日の朝——俺はいつもより早く家を出ていた。

ここしばらくは彩乃ちゃんが迎えに来て一緒に登校するのがルーティンになっていたが、それも先週までのこと。

今後は彩乃ちゃんと共に学校に向かうことはないだろう。

その代わり、今日から俺は『彼女』と登校する。

「おはよう。鳴海君」

「お、おはようございます」

待ち合わせの交差点に現れたのは雨宮先輩。

俺たちは恋人らしく一緒に登校するため、前に彩乃ちゃんと手を繋《つな》いで登校しているところを見られた交差点で待ち合わせをしていた。

ちなみに喫茶店で雨宮先輩と話をした後、恋人同士になるなら連絡先くらい交換しておいた方がいいよねということになり、帰り際に雨宮先輩とメッセージアプリのＩＤを交換。

初めて彩乃ちゃん以外の女の子と連絡先を交換したこともあって、昨日は喜びのあまり、何度もアプリを立ち上げては雨宮先輩のアイコンを眺めていたことは秘密。

「じゃあ、行こっか」

「は、はい！　よろしくお願いします！」

穏やかな朝日に照らされながら並んで一緒に歩き出す。

やばい。緊張のあまりなにを話していいかわからない。

恋をしてから何度も想像していた、俺の隣を歩く雨宮先輩の姿。

昨日寝る前にも一緒に登校するシチュエーションを、まるで映画の絵コンテを切るかの如《ごと》くシミュレーションしていたのに、いざその場面が訪れると頭が真っ白になる。

嬉《うれ》しさと恥ずかしさがごちゃ混ぜになって、心臓が破裂しそうなくらいバクついている。

「ねえ、鳴海君」

「はい！」

「改めてなんだけど、私と付き合うの……嫌じゃなかったかな？」

「嫌じゃないです！　むしろ光栄です！」

なんだよ光栄ですって。

我ながら変なことを言っているなと思いつつ、一つ気になっていることがあった。

雨宮先輩と初めてちゃんと話をした時から、ずっと苗字《みょうじ》ではなく名前で呼ばれている。

違和感を覚えてはいたけれど、その理由を聞くような余裕がなかった。

まぁ、相手をどう呼ぶかは人それぞれ。苗字で呼ぶ人も名前で呼ぶ人もいるだろうし、気にするようなことでもないんだが……好きな人から名前で呼ばれるって控えめに言って最高。

機会があれば聞いてみようかな。

「それならよかった。無理なお願いをしてしまったんじゃないかと思って」

「そんなことないです」

「でも鳴海君は好きな人がいるんでしょ？　こうして私と一緒にいるところを見られたら勘違いさせちゃうんじゃないかと思って。私が彩乃ちゃんのことを彼女だと勘違いしたみたいに」

雨宮先輩が心配するのは当然だ。

俺だって彩乃ちゃんと付き合うことになった時、同じように心配したから。

「それは本当に大丈夫ですから。雨宮先輩に恋するヒロインを演じられるようになってもらわないと、俺のドラマにも出てもらえませんからね。一緒に恋の勉強を頑張りましょう」

「うん。ありがとう」

雨宮先輩は柔らかい笑顔を見せてくれる。

ああ……もう、この笑顔を独占したい。

「恋の勉強といえば、こうして鳴海君と登校していて気づいたんだけど、彩乃ちゃんと登校していたのは恋の勉強のためだったんだね。手を繋いでいたのも」

「はい」

「すごく仲がよさそうだったから、てっきり二人は付き合っているんだと思ってた」

「仲がいいのは付き合いが長いからです。彩乃ちゃんとは小学五年生の頃《ころ》からの付き合いで、俺の親友の従妹《いとこ》なんですよ。だから、それ以来ずっと一緒に過ごしていて妹みたいなもの……とまでは言いませんけど、家族というか身内みたいに思ってはいます」

「そうなんだ」

彩乃ちゃんだけじゃなく、司のこともそう思っている。

それには仲がいいだけじゃなく、同じ夢を共有しているのもあるからだろう。

俺たちは一心同体。誰が抜けてもドラマ制作を実現することはできない。

ある意味、運命共同体のような関係が家族のようなチーム感を生んでいるんだと思う。

「屋上で一緒にご飯を食べていたのを見た時はお似合いの恋人同士だと思ったけど……そっか。付き合いが長いなら納得だな」

「そういえばあの時、雨宮先輩はどうして屋上に？」

「私ね、お昼休みはいつもあそこで演技の練習をしてるの。部活の時間だけじゃ足りないと思って、少しでも練習時間を確保したくてね。あそこなら滅多《めった》に人が来ないから大きな声を出しても平気だし、ちょうどいい練習場所なんだ」

「いつも？　毎日ってことですか？」

「うん。そうだよ」

毎日お昼休みまで練習をしていたのか……そのストイックさに驚く。

部活に参加した時、何度か雨宮先輩が練習をしている姿を見かけたことはあった。

みんなが休憩や歓談をしている時も教室の隅で一人練習を続けていて、真面目《まじめ》な人だなとは思っていたが、毎日お昼休みまで練習に充てているとは思わなかった。

高い演技力を持っているのも頷ける。

「ところで鳴海君、今日のお昼はどうするつもり？」

「お昼ですか？　今までは恋の勉強の一環で彩乃ちゃんと食べてましたけど……」

「よかったら今日からは、私と一緒に食べない？」

「いいんですか？」

「あ、でも彩乃ちゃんに悪いかな……」

「そこは俺から説明してあるので大丈夫だと思いますけど……本当にいいんですか？」

「恋人なんだから、いいに決まってるでしょう？」

恋人なんだから……。

どうしよう。いちいち感動して泣きそう。

「わかりました。じゃあ、お昼休みに旧校舎の屋上で待ち合わせしましょう」

「うん。鳴海君のお弁当も作ってきたから」

「え、本当ですか？」

「こういうのは、形から入るのも大切だと思ってね。断られなくてよかった」

おおお……まさか交際初日から彼女の手料理が食べられるとは。

あまりにも楽しみすぎて、午前中は授業に集中できるはずもなかった。


ちなみに、彩乃ちゃんにメッセージで雨宮先輩とお昼を食べる旨を伝えると、特に何か言われるわけでもなく事務的に『了解しました』というスタンプが送られてきた。

スタンプ一つで済ますなんて、彩乃ちゃんにしては珍しい。

*

そしてお昼休み——。

授業が終わると同時に屋上に向かおうとしていたんだが……こんな時に限って仁科先生に呼び止められた。これも全部、午前最後の授業が仁科先生の担当教科だったせい。

仁科先生の授業の後はいつもこうだ。

日直でもないのに演劇部に所属しているというだけで授業の片付けなんかを手伝わされる。

別に手伝うのはいいいし、仁科先生がサボりたいがために生徒に限らず他の先生に仕事を押し付けるのはいつものことなんだが、なんでよりによって今日なのか……。

文句を言っても仕方がない。

「悪いな。手伝ってもらって」

「いいですよ。こき使われるのは慣れっこです」

「そう皮肉を言うな。成瀬《なるせ》に話しておきたいこともあったんだ」

「話しておきたいこと？」

「雨宮から、正式にヒロインを受けると返事があった」

「え……」

意外というわけではない。

そのために俺は雨宮先輩と付き合い始めたんだから。

ただ、恋を理解できるか確証もないのに受ける辺り、雨宮先輩の覚悟のほどが窺えた。

まるで退路を断つような状況に自分を追い込むなんて、本当にストイックすぎる。

「成瀬が協力してくれることになったと聞いたが」

「ええ……まぁ、そんなところです」

「そうか。大変だと思うが、よろしくやってくれ」

「はい」

その後、急いで片づけを終わらせて旧校舎の屋上に向かう。

息も忘れて階段を駆け上がり。

「すみません、お待たせ――」

昇降口のドアを開け、謝罪の言葉を口にしかけたんだけど――。

目にした光景に思わず息を呑《の》んだ。

春の陽気の中、ベンチに腰を下ろしている雨宮先輩。

その周りには数羽の小鳥が集まっていて、一羽は雨宮先輩の膝《ひざ》の上で羽を休めている。

雨宮先輩は普段見せないような穏やかな笑顔で小鳥を見つめて、その姿が、まるで映画のワンシーンを切り取ったように映り、俺はしばらく目を奪われてしまった。

すると雨宮先輩が俺に気づき、その笑顔を俺に向けてくれる。

「すみません。仁科先生に手伝いを頼まれてしまって……」

「そっか。お疲れさま」

座るように促され、俺は雨宮先輩の隣に腰を下ろす。

「はい。こっちが鳴海君の分だよ」

「あ、ありがとうございます」

雨宮先輩が手にしているものよりも一回り大きい弁当箱。

緊張しながら蓋《ふた》を開けると、色とりどりのおかずが並んでいた。

「おおお……」

これが……これが雨宮先輩の作ってくれたお弁当。

あまりの感動に変な声が漏《も》れてしまう。

「食べましょうか」

「いただきます！」

おかずの定番である卵焼きときんぴら、ほうれん草は鰹節《かつおぶし》と白胡麻で和えられている。ご飯の上には梅干しと、いかにも和食といった感じのバランスの取れたお弁当。

彩乃ちゃんが作ってくれた時も感動したけど、好きな人が作ってくれたお弁当だと思うとまた違う。幸せすぎて、食べる前から腹も胸もいっぱいで苦しすぎる。

きんぴらを箸《はし》で取って口に運ぶと、甘すぎず辛すぎず、絶妙な味わいが広がる。

これは白飯が進む。

「どう？」

「はい。すごく美味《おい》しいです！」

「そう？　よかった」

雨宮先輩は今まさに咲いた花のように、ぱっと笑顔を浮かべる。

「雨宮先輩、料理上手なんですね」

「うちはおばあちゃんと二人暮らしで、おばあちゃんは仕事で朝が早いから、朝食やお弁当は自分で作っているの。おばあちゃん仕込みだから、ほとんど和食しか作れないけど」

おばあちゃんと二人暮らし――つまり両親はいない？

突然明かされた複雑であろう家族関係に空気が重くなる。

「和食いいじゃないですか。俺は好きです」

「ありがとう」

俺はしんみりした空気を払うように、笑顔で食事を続ける。

しばらくして食事を終えると、俺たちはお茶を片手に一息ついていた。

こうして手が空くと、やっぱり会話に困ってしまう。

お互いについてほとんど知らない状態で付き合い始めたのだから会話に困るのも当然だ。

だから俺は、間が持たなくなった時に聞こうと決めていたことがあった。

「雨宮先輩、少し質問してもいいですか？」

「うん。いいけど……その前に私からも先に一ついい？」

「え？　ええ、なんですか？」

「私たち、お付き合いを始めたんだから『雨宮先輩』っていうのはやめない？」

「いや、やめないって言われても……」

「楓《かえで》でいいよ」

「そ、それは――！」

もちろん考えなかったわけじゃない。

付き合っているんだから、いつか雨宮先輩のことを名前で呼ぶこともあるんじゃないかと夜な夜な布団《ふとん》の中で呼ぶ練習をして、恥ずかしさのあまり悶絶《もんぜつ》していたなんて言えない。

「そういえば、雨宮先輩は俺のことを名前で呼んでますよね」

「私にとって、鳴海君は鳴海君だから」

どういう意味だろうか？

まぁ、苗字で呼ぶか名前で呼ぶかは人によるから深い意味はないのかもしれないが。

「はい。名前で呼んでみて」

ナチュラルに話をそらそうとしたけど無理だった……。

「本当にいいんですか？」

「うん。いいよ」

「じゃあ……」

この機会を逃したら一生名前で呼べないかもしれない。

意を決して口にしてみる。

「楓……先輩」

言った瞬間、身体中から汗が噴き出るような恥ずかしさに襲われた。

ヤバいヤバい！

めちゃくちゃ恥ずかしい！

「先輩もいらないよ」

「いや、無理です！　勘弁してください！」

「そう？　まぁいいけど」

先輩付けを許可してもらって安堵《あんど》の息が漏れる。

さすがに呼び捨てはハードルが高すぎるって。

「それで、鳴海君の聞きたいことってなに？」

「はい。こんなことを聞くのも失礼かもしれませんが、楓先輩は恋心がわからないと言ってましたけど……男の人を好きになったことはあるんですか？」

「それは……」

ずっと気になっていたことがことある。

あの時、楓先輩から恋心がわからないと聞かされた時、楓先輩は『私は思い出さなくちゃいけない。誰かを好きになった時の気持ちを』と言っていた。

恋をしたことがないとは言わず恋心がわからないと言い、誰かを好きになった時の気持ちを知らなければいけないではなく、思い出さなくてはいけないと口にした。

その言葉の意味を考えれば、導き出される答えは一つしかない。

「実はね、男の子を好きになったことはあるの」

やっぱり――。

「でも小学校低学年の頃だったのと、当時は色々あったこともあって、その時の想いを覚えていないの。だから鳴海君とお付き合いしてみれば、好きになった時の気持ちを思い出せるかもしれないいって思ったんだ」

ふと思ってしまう。

それは、なんて悲しいことだろうと。

俺が今感じている人を好きになるという気持ちを、楓先輩は忘れてしまっている。

この駆け出したくなるような衝動も、誰かを想う優しい気持ちも、不安で悶《もだ》えるような悩ましさも、全《すべ》てが恋をして初めて覚える感情だ。

それらが全部、楓先輩の中では過去のものになってしまっている。

自分が恋をしているからこそ、悲しいことだと思わずにはいられなかった。

「頑張りましょう」

「え？」

「俺、楓先輩が恋心を思い出せるように、できる限りのことをします。俺が相手じゃ当時と同じ想いとはいかないかもしれません。でも、少しでも思い出せるように頑張りましょうね」

楓先輩は小さく頷いて笑みを浮かべる。

「うん。鳴海君はやっぱり優しいね」

「え、あ、いや！」

好きな人に面と向かって優しいなんて言われて照れない男なんていないだろ。

顔が赤くなるのを自覚してとっさにそっぽを向く。

「こ、これは俺のためでもあるんです！　楓先輩が恋心を理解できるように協力することが、俺たちの作るドラマに出てもらう条件ですからね！」

なんだか言い訳のような台詞《せりふ》だけど、言っていて彩乃ちゃんの言葉を思い出す。彩乃ちゃんが俺に恋を教えてくれることになった時も、似たようなことを言っていたっけ。

「そのためなら協力は惜しみません」

「うん。ありがとう」

顔は恥ずかしくて見られない。

でも、そう口にする楓先輩の声音《こわね》は陽気のように穏やかだった。

「それと、もう一つ質問してもいいですか？」

「うん。今はお互いのことをたくさん知った方がいいと思うから、いくらでもどうぞ」

「じゃあ遠慮なく、楓先輩はどうして女優を目指そうと思ったんですか？」

名前呼びに照れながら尋ねると、楓先輩は笑顔から一転して目を伏せた。

「……お母さんの夢だったの」

「お母さんの夢？」

「お母さんは私が中学一年生の時に亡くなったんだけど、私が生まれる前まで女優をしてたんだ。女優といっても、当時はまだ駆け出しで、テレビドラマに一度だけ出たことがあるだけ。

その後、私を産むために女優を辞めたの……私を産む代わりにお母さんは自分の夢を諦《あきら》めちゃったから、私が代わりに叶えてあげたくて」

「そうだったんですね……」

亡き母親の夢を叶えるために女優を目指す。

そう語る楓先輩の言葉からは強い意志を感じた。

「お母さんはなんて芸名で活動されてたんですか？　俺、テレビドラマは生まれる前の作品から最近の作品までほぼ全て見ているので、もしかしたら知ってる女優さんかもしれません」

楓先輩は一瞬だけ悩むような仕草を見せる。

あまり言いたくないんだろうか？

すると楓先輩は俺の様子を窺うように口にする。

「……門脇渚《かどわきなぎさ》っていうの」

「門脇渚⁉」

芸名を聞いて思わず声を上げてしまった。

今から二十年くらい前――当時、大人気となったホームドラマがあった。

母子家庭を題材にした作品で、様々な問題に直面しながらも親子の愛と絆《きずな》で乗り越えていくハートフルなストーリーが感動を呼び、社会現象にまでなったほどだった。

母親役は今はもう引退している女優の水咲美雪《みずさきみゆき》。娘役を当時は天才子役と言われ、今では人気ナンバーワン女優となった吉岡里美《よしおかさとみ》が演じ注目を浴びていた作品。

水咲美雪の大学時代からの親友という配役で出演していたのが門脇渚だった。

助演女優でありながら、高い演技力だったため鮮明に記憶に残っている。

あれ以来、他の作品では見かけなかったから気になってはいたんだが……。

まさか楓先輩の母親だったなんて、驚きを禁じ得ない。

「鳴海君、お母さんのことを覚えてるの？」

「はい。門脇渚は俺がドラマを撮りたいと思うきっかけになった作品に出ていた女優です。あの作品に出合っていなかったら、今の自分はいないと言っても過言じゃありません。俺は……あの作品に出合ったことで救われたんです」

そう――あの作品に出合っていなければ、ドラマを撮りたいと思わなかった。

それ以前に、立ち直ることもできず、夢を持って生きることすらできなかったと思う。

まさに俺の人生を変えたドラマ。

そう断言できるほどに、あの作品には救われた。

「まさか楓先輩のお母さんが、あのドラマに出ていた門脇渚だったなんて……驚きました」

「そっか……嬉しいな。鳴海君がお母さんのことを覚えていてくれて」

「素晴らしい女優でしたから、忘れられるはずがありませんよ！」

それから俺と楓先輩はあのドラマの話題で盛り上がった。

ドラマの内容やキャストの演技、もちろん門脇渚の演技の素晴らしさも。

二十年近くも前のドラマの話題で語り合える相手なんて今までいなかったから、俺もつい気持ちが盛り上がってしまい時間を忘れて語り合い続ける。

まさか楓先輩のお母さんが俺の一番好きなドラマに出ていたなんて……。

どこか運命のようなものを感じずにはいられなかった。

五話　ラビットハウス定例会議

楓《かえで》先輩と恋人になった翌週――。

気が付けばもう五月、ゴールデンウィークのある日のこと。

「二人はなにを飲みます？」

「俺《おれ》はコーヒーがいいな」

「僕はミルクティーでお願いできる？」

「はーい。少々お待ちくださいね～♪」

俺は司《つかさ》と彩乃《あやの》ちゃんと、いつものように古民家スタジオに集まっていた。

キッチンで飲み物を用意してくれている彩乃ちゃんを待ちながら、俺と司はパソコン画面に映っているドラマ制作の計画書を眺めている。

「お待たせしました。はい、どうぞ」

「ありがとう。じゃあ始めようか」

彩乃ちゃんは俺の隣に腰を掛け、いつものようにタブレットを取り出してイラストを描き始める。もちろん描いているのは、いつものゆるキャラみたいなうさぎのキャラクター。

Sukinako ni furaretaga.
Kohaijyoshi kara
"Senpai, Watashijya
dame desuka?"
to iwaretaken

準備が整い、司の仕切りで会議はスタート。

「今日二人に集まってもらったのは、そろそろ具体的に制作スケジュールを決めていきたいと思ったからなんだ。準備は個々で進めているけど、この辺りで一度すり合わせておきたい」

「そうだな。じゃあ順番に報告する形にするか」

「そうだね。僕から報告するよ」

まずは映像編集、広報担当の司から。

「機材関係の手配は完了してるよ。ビデオカメラに編集用のパソコン、編集ソフトも揃《そろ》えてある。今は鳴海が過去に撮影したショートフィルムの再編集をしながら操作を覚えてる感じ。いろいろ試してみたけど、これならかなりいい映像が作れると思う」

「とりあえず順調ってところか」

「そうだね。一つ問題があるとすれば予算かな。去年、僕と鳴海《なるみ》がアルバイトで稼いだお金はほぼ使い切ったよ。まぁ、必要なものを揃えるためのお金だから使い切って問題ないんだけど、今後の活動費用を別で捻出《ねんしゅつ》しなくちゃならない」

「先立つものはお金か……またアルバイトでもするか」

「そうも言ってられないよ。具体的な行動に移すなら時間は限られるからね」

「そりゃそうだけど、活動資金がないとどうしようもないだろ」

「だから、いくつか資金調達の方法を考えてみた」

司はそう言うと、彩乃ちゃんのタブレットに視線を落とす。

「一つは彩乃が描いてるイラストをメッセージアプリのスタンプにして販売しようと思ってる。彩乃はchuwitter《チユイツター》で十万人を超えるフォロワーを抱えているし、今もいいペースで増えているから、スタンプ化すればある程度の収益にはなると思うよ」

「なるほど。確かにいい手かもしれないな。ていうか、ここ最近タブレットで描いてたうさぎのイラストって、スタンプ用のイラストだったのか?」

「うん。僕が彩乃に頼んで進めてもらってたんだ」

「へぇ」

気のない返事をしたわけじゃないが、俺のリアクションが不服だったらしい。

「もしかして鳴海先輩、私がずっといたずら描きしてると思ってたんですか?」

彩乃ちゃんはプリプリしながら俺を睨《にら》む。

「いや、思ってない思ってない!」

「私の描いたうさ太郎とうさ美ちゃんなら爆売れ必至ですよ!」

うさ太郎とうさ美ちゃんて、そんな可愛《かわい》い名前だったんだ。

勝手に『仁義なきうさぎシリーズ』って呼んでたのは秘密にしておこう。

「いずれグッズ化して二次利用収益とかたくさん入ってきますから、お礼を言っておくなら今のうちですからね!」

「お、おう……ありがとう」

あのイラストは彩乃ちゃんの不機嫌バロメータなだけじゃなかったらしい。

もしかして前に描いていた殺伐としたうさぎたちもスタンプになるのだろうか？　あれはやめた方がいいんじゃないかと思いつつ、上手《うま》くいけば収益の柱になるかもしれない。

「それともう一つ資金調達案があるんだけど……これは改めて共有するよ」

「なんだよ。そこまで言いかけたなら教えてくれよ」

「正直、これについてはまだどうなるかわからないんだ。ぬか喜びさせるのも悪いから、もう少し詳細が決まってから報告する。期待だけさせて申し訳ないけど、上手くいけばアルバイトをするよりもはるかに大きい金額を稼げるかもしれない」

懸念《けねん》があるような口ぶりだが、司の表情には自信が見て取れる。

司が言葉を濁すのは珍しいが、任せておいて問題ないだろう。

この辺りのことは俺が変に口出しをするよりも、司に任せっきりの方が上手くいく。今までも色々調整が必要な件は、司が仕切った方が上手くいくことは多かった。

「次に動画サイトの話。ポイントになるのは、どうやってチャンネルに視聴者を呼び込むかだと思う。クオリティの高いドラマを作れば視聴数が取れると思うかもしれないけど、様々な無料コンテンツが溢《あふ》れ返っている今の時代、必ずしも『良いものを作れば評価される』かといえば、そうじゃないんだよね」

「確かにな……」

司の言うことはもっともだろう。

ドラマや映画なんかでも、よく隠れた名作なんて言われる作品がある。

だがこれは、言い換えれば知られることができなかった名作なわけで、まさに良質なものを作っても知られなかったが故にヒットしなかった例の最たるもの。

見てくれさえすれば良さがわかるなんて制作側のエゴは、今の時代通用しないのは明らかだ。

それはなにもドラマ制作に限らず、全《すべ》てのコンテンツにおいて同じことが言える。だから多くの企業が莫大《ばくだい》な費用をかけてＣＭやプロモーションを行うんだろう。

もちろんそれは、的を外せば無駄な出費にしかならない。

「面白《おもしろ》いものを作るのが大前提として、後は戦略次第ってわけか」

「そう。鳴海がそれを理解してくれてるのは助かるよ」

「そりゃわかるさ。俺みたいにドラマならなんでも片っ端から見るような奴《やつ》は稀《まれ》だからな。面白さは継続的な視聴率維持に影響はあっても、最初のとっかかりにはほぼ関係ない。まずはお客さんを呼び込むための戦略が必要だろうな」

「うん。そこで方法を考えてみたんだ」

司はそこで初めて視線を伏せた。

「ただ、この方法は彩乃に大きな負担を強いることになる」

「え？　私？」

彩乃ちゃんはうさ太郎を描く手を止めて顔を上げる。

驚きというよりも意外そうな表情を浮かべていた。

「だから考えてみたものの、二人の意見を聞いてから判断したい」

「わかった。言ってみてくれ」

すると司はパソコンにとある画面を表示して俺たちの方へ向ける。

「彩乃のｃｈｕｗｉｔｔｅｒアカウントを利用したい」

表示されていたのは兎山兎子《うさやまうさこ》──つまり彩乃ちゃんのアカウントだった。

「それは、さっきのスタンプ化の話とは別にってことか？」

「うん。僕らのドラマの脚本は彩乃が書く。だから彩乃が脚本を担当したドラマっていう導線を動画チャンネルに引いてフォロワーを呼び込みたい。彩乃はラブコメ漫画家だから恋愛もののお話という意味で親和性は高いから、一定の視聴者を呼び込めると思う」

「なるほど……」

「とはいえ、じゃあどれだけの視聴者を呼び込めるかと言えば、恐らく数パーセント。三パーセントの三千人が来てくれたら御の字だと思う。それでも立ち上げたばかりのチャンネルの視聴再生数としてはバカにできない」

動画サイトの特性上、初動が伸びないとかなり厳しいのは確か。

公開直後にある程度の視聴回数がないとユーザーへのおすすめ欄に載る頻度が上がらず、インプレッションも配ってもらえず、結果として視聴回数も収益も確保できない。

そんなことは少し調べればわかることだ。

「できればこの数字はもっと上げたい。だから彩乃には、ドラマ公開までにフォロワーの数を三倍以上に増やしてほしいと思ってる。そうすれば同じ三パーセントでも一万人近くになる」

「「三倍以上……」」

つまり三十万人以上――。

とんでもない数に俺と彩乃ちゃんの声が重なる。

「さらに言えば、ｃｈｕｗｉｔｔｅｒだけじゃなく、様々なSNSを活用したいと思ってる。SNSごとに男女比率も利用者層も違うからね。それぞれのコンテンツに合わせて調整したものを上げて、複数の導線を確保したい」

つまり、数を増やすだけではなく横の幅も増やしていくということ。

「そのためには、今までみたいに好きなものだけ描いてアップするんじゃなくて、多くの人に好まれやすいものも媒体に合わせて描いてもらいつつ、フォロワーを増やす努力が必要になる。でもそれは、もしかしたら彩乃にとって必ずしも楽しいことではないのかもしれない」

それは、クリエイターである者にとって苦渋の選択だろう。

描きたいものと、描けるものと、多くの人が好むもの――。

どれが正解というわけではないが、いつだって作り手はこの問題に悩みながら創作活動をしている。一番は描きたいものがヒットするのが幸せだが、そうもいかないのが現実だ。司はそれを彩乃ちゃんに理解させた上で選択をさせようとしている。

でも――。

「ちょっと待ってくれ司」

思わず口にしていた。

「いくらなんでも彩乃ちゃんの負荷がでかすぎる。脚本の制作がある上にスタンプ制作、フォロワーを増やすための恋愛漫画。しかもＳＮＳに合わせて好きなもの以外も描いてもらうなんて、いくらなんでもオーバーワーク。彩乃ちゃん一人の負荷が高すぎる」

リビング内を静寂が包む。

彩乃ちゃんはしばらくすると顔を上げた。

「私は、ドラマが成功するならなんでもします」

その瞳《ひとみ》に迷いはなかった。

「私にはどうしたら再生数を増やせるとか、そのためになにをしたらいいとか、そういう難しいことはわからないです。でも、それが私たちに必要なことならやりますよ」

任せてくださいと言わんばかりに声を上げる。

「でも……」

「鳴海先輩は心配性ですねぇ。私が大丈夫って言ってるんですから大丈夫なんです。それにこういうのって順番じゃないですか。今は私が頑張る番。チームなんだから当たり前です。大船に乗ったつもりでいてください。お金もフォロワーもじゃんじゃん稼ぎますよ！」

心の底から感謝しかない。

彩乃ちゃんは別にドラマが撮りたいわけじゃなかった。

俺が彩乃ちゃんの物語を作る才能に惚《ほ》れ、口説《くど》き落《お》としてチームに入ってもらっただけ。

それなのに……。

「ありがとう。僕もサポートするから頑張ろう」

「俺も協力するよ。できることがあったら言って欲しい」

「鳴海先輩は……そうですね。たまに息抜きに遊びに連れて行ってくれればいいですよ」

「そんなことでよければいつでも付き合うよ」

「言いましたね？　約束ですからね♪」

こうして資金面と集客面での対策は一先《ひとま》ずオーケー。

具体的な方法についてはその都度話し合うとして、こうして明確な方向性が揃うだけでもビジョンが立てやすい。

思っていたよりも司が動いてくれていて本当に助かる。

「じゃあ、次は彩乃の脚本かな。鳴海に報告してあげて」

司が促すと、彩乃ちゃんは鞄《かばん》をごそごそしてプリントを机に広げた。

「とりあえず、色々考えてきました」

「こんなに……」

プリントを手に取って目を通すと、十数パターンの概要が書かれていた。

「私は恋愛漫画しか描いたことがないので、基本的に恋愛脚本ばっかりです。舞台や年齢、シチュエーションでパターンを出してありますけど……方向性ってこれでいいです?」

「ああ。俺も恋愛要素は入れたいと思っていたところだから」

「そうなんですか?」

「物語にはいつの時代も多かれ少なかれ恋愛要素が含まれてきた。それと、自分が初恋をしたからってわけじゃないんだけど、この感情ってすごく尊いものだと思うんだ。ドラマや映画で目にして理解していたものと、実際に自分が感じた感情の差に驚くくらい」

百聞は一見に如《し》かずだが、百見は一体験に如かずだと思う。

この感情を十六年も知らずにいたことを、もったいないと思ったくらいだ。

「それに、楓先輩が恋心を思い出すことができたとしたら、やっぱりリアリティの高い恋愛ものを演じて欲しい。楓先輩の恋するヒロインの姿を一人のファンとして見たいと思う。きっと初めて見た時以上の衝撃を受けると思うんだ……」

「思い出す?　知るじゃなくて?」

「あ、いや……そう。知ることができたとしたらさ」

司に突っ込まれて、とっさに誤魔化《ごまか》した。

楓先輩の問題は共有済みとはいえ、あまりプライベートな部分を赤裸々に話すのもどうだろうっていうのもあるし、楓先輩の個人的なことまで伝える必要はないと思った。

「それと、名前で呼んでるんですね。へぇ……」

さっきまで上機嫌だった彩乃ちゃんの声が低く響く。

かつて聞いたことがないほどの低音と淀《よど》んだ声にぎょっとした。

「じゃあ、あれですか？　お互い名前で『鳴海君』、『楓先輩』とかカップルらしく名前で呼び合ってるわけですね。へーあーそうですか。そうですよね。恋人同士ですもんねー」

「なんかめちゃくちゃ棘《とげ》がないかな⁉」

先ほどまでの笑顔が嘘《うそ》のように渋い顔を浮かべている。

笑顔で小躍りしているうさ太郎とうさ美ちゃんのイラストも、いつの間にか憤怒《ふんぬ》の表情を浮かべて金棒を振り回すうさ美ちゃんに変更。

まさかそれもスタンプ化したりしないよね？

「楓先輩から名前で呼ぶように言われたんだよ。形から入るのも大切だと思うからって。だから俺の似顔絵を描いてうさ美ちゃんに殴らせるのやめてくれない？」

前に彩乃ちゃんが遊びで俺と司をデフォルメしたキャラを描いてくれたことがあったんだけ

ど、どう見てもうさ美ちゃんに金棒でフルボッコされているのが俺にしか見えない。

うん……そっとしておいた方がよさそうだな。

「とりあえず脚本案は俺が預かるよ。目を通させてもらって、良いものがあれば二人でブラッシュアップして詰めていこう。他にも案が浮かんだら教えて」

「あ、今いい案が浮かびました」

「お、どんな感じ？」

「昼ドラよろしく愛憎渦巻く泥沼略奪愛ものとかいいと思います。『よくも人の男に手を出してくれたわね！』『こっちの台詞《せりふ》よ、この泥棒猫！』『誰《だれ》が泥棒猫ですって！　キー！』みたいな、最後は誰も幸せにならない物語とか最高ですよね」

「いや……それはちょっと」

「なんでですか？　ある意味純愛じゃないですか。リアルな恋愛ものっていう条件も満たしてますし、これしかないですねよしこれでいきましょう決定です異議は聞きません」

「待って！　本当に待ってお願い！」

そんな全員報われなそうな恋愛ドラマは勘弁して欲しい。

確かに一定数、そういうのが好きな層もいるのは確かだけど、さすがに……ねぇ。

「じゃあ次は鳴海の番だね。雨宮《あまみや》先輩のスカウト状況はどうなの？」

司はさらりと話を進める。

とりあえず泥沼略奪愛ものはスルーで。

「まだ付き合い始めて一週間だけど、順調といえば順調かな。楓先輩が恋心を理解しないことにはドラマに参加してもらえない。今は楓先輩との関係を深めることが重要だと思うから、引き続き仲良くしていこうと思ってる」

そう答えると、司は軽く首を傾げた。

「えっと、具体的にどうしてるの？」

「具体的？　まぁ、一緒に登校したりご飯食べたり？」

「他には？」

「一緒に帰ったり？」

「「…………」」

司は困った様子で頰《ほお》をぽりぽりかく。

彩乃ちゃんも呆《あき》れた様子でうさ太郎を描いていた。

「オーケー、わかった。改めてゴールを確認しよう」

「お、おう」

「まず、一番の目的は雨宮先輩が恋心を理解すること。恋をしたことがないから恋するヒロインの気持ちがわからない。それを解消するために鳴海と雨宮先輩は付き合った。オーケー？」

「おーけー」

「でも鳴海は雨宮先輩を好きだけど、雨宮先輩は鳴海のことを好きで付き合ったわけじゃない。お互いの目的を叶《かな》えるために付き合ったわけだ。これもオーケー？」

「お、おーけー」

改めて言われるとちょっと悲しいな。

好かれてないけど目的のために付き合ったって。

「であれば、鳴海がすることは一つ――雨宮先輩を惚れさせること。はっきり言って、二人がやってることって友達でもすることだよ。ましてや恋愛初心者同士、今のままで関係が進展するとは思えない。鳴海には本気で雨宮先輩を口説きにいってもらわないと」

「く、口説く⁉」

「驚くようなことじゃないだろ？　お互いの目的はあれど、鳴海は最終的には雨宮先輩と両想《おも》いになって付き合いたいんだから。むしろ雨宮先輩に恋心を理解してもらうには、鳴海と両想いになってもらうのがベストなはず。恋人ごっこで恋を理解できるわけないでしょ？」

いや、まぁ……司の言う通りか。

「でもさ、口説くって具体的にどうしたらいいんだ？」

「そこは先生に聞いてみたら？」

彩乃ちゃんにチラリと視線を向けると、横目でこちらを見ていた。

なんだか警戒してる猫みたいな感じでちょっと怖い。

「あ、彩乃ちゃん……どうしたらいいかな?」

「は?　なんで私に聞くんですか?」

「え……?」

「なーんて、冗談ですよ♪」

　一瞬だけ見えた冷たすぎる表情は幻覚だろうか?

　今は満面の笑みを浮かべている。

「褒めるんですよ」

「褒める?」

「褒められて嬉《うれ》しくない人なんていないです。まずは褒めて意識させるんです」

「でも、好きな人を褒めるのって照れるというか……」

「いきなり相手に綺麗《きれい》だとか可愛いだとか言えってことじゃないです。例えば相手の持ち物を見てセンスを褒めるとか、服が可愛いねとか、姿勢を褒めるとか。相手に直接ラブを伝えるんじゃなくて、相手の要素の一部を褒めるんです。そうすれば褒める側もハードルが下がりますし、褒められる方も変に意識しません。ナンパの鉄則です」

　ナンパじゃないんだけど……。

　まぁでも、通じる部分はあるのか。

「そうしていれば自然と相手も意識します。もちろん、それだけじゃダメで、相手が自分を意識してくれるきっかけが必要です。これは狙《ねら》ってできることじゃないですけど、相手を大切に思っていれば、そんな機会はそのうちやってきますよ」

まずは相手の一部を褒める。

なるほど。それならできそうだ。

「彩乃ちゃん、ありがとう。なんとなくわかった気がする」

「どういたしまして」

「ドラマ制作に入れるかどうかは鳴海次第。雨宮先輩に恋心を知ってもらわないとドラマの女優を受けてもらえないんだから、大変だと思うけど頑張って」

「ああ。わかってる。色々ありがとうな、二人とも」

俺は改めてお礼の言葉を口にした。

本当、二人と話しているといつも思う。

持つべきものは信頼できる仲間だなって。

「じゃあ、今日のところはこのくらいですかね。私はお買い物して帰るんでお先に」

「ああ。気を付けてな」

「はい。ではまた」

彩乃ちゃんは手際よく荷物を片付けると、そう言って古民家スタジオを後にする。

残った俺と司は、一息ついて飲み物を口に運んだ。

「それにしても、彩乃ちゃん変わったよな……」

「そうかい？」

「彩乃ちゃんが『今は私が頑張る番』って言った時、ちょっと感動しちゃったよ。大人しくて引っ込み思案だった彩乃ちゃんが、あんなに頼もしいことを言うようになるなんてさ」

出会った頃の彩乃ちゃんからは想像できない姿だった。

「そりゃ人は変わるさ」

「それにしても変わりすぎだと思うけどな」

「彩乃が変わったのは、僕は鳴海のおかげだと思ってるよ」

「俺の？」

司は懐かしそうな表情を浮かべて頷《うなず》いて見せる。

「鳴海が彩乃と知り合った当時、彩乃は両親に厳しく育てられていて、それが理由で友達もいなくてクラスでも浮いた存在だった。そんな彩乃にとって、鳴海との出会いは大きかったと思う。鳴海と出会ってなかったら、きっと今の彩乃はいない。従兄《いとこ》として感謝してるよ」

司はしみじみと感謝の言葉を口にするんだが……。

「彩乃ちゃんと仲良くしてる俺を見て、いきなり殴りかかってきた奴がよく言うよ」

そう。今となっては笑い話だが、俺と司の出会いは最悪だった。

今の司は至って穏やかな性格だが、当時は孤立している彩乃ちゃんがいじめられないように怖い奴を演じ、彩乃ちゃんの学年では知らない奴がいないほどに恐れられている存在だった。

椋千《むくち》彩乃は、あの渡会《わたらい》司の従妹《いとこ》らしい――。

そんな噂《うわさ》のおかげで、彩乃ちゃんはいじめられることなく過ごせていたのも事実。

そんなもんだから、彩乃ちゃんと仲良くしている俺を悪い虫だと勘違いし、彩乃ちゃんと二人でいるところにいきなり乗り込んできて開口一番『彩乃から離れろ』と言って殴られた。

そんなことなんて知らなかった俺は、いきなり殴りかかってきた司とガチ喧嘩《けんか》。

お互いに立ち上がれなくなるまで殴り合った過去がある。

「彩乃だけじゃない。あの出会いがあったからこそ今の僕らがいるんだよね」

「いい台詞言ったみたいな感じやめろ。いきなり殴られた俺の身にもなってくれよ」

「若気の至りってことで許してよ」

司は楽しそうに微笑んで見せる。

「冗談はともかく、鳴海には感謝してるよ。鳴海がいなかったら今の彩乃はいないし、僕だってあのままずっと怖い奴でいる必要があったかもしれない。僕らにとって鳴海は恩人さ」

「司は大げさなんだよ。感謝してるのはお互いさまだろ」

出会いの形はともかく、俺だって二人には感謝してる。

司と彩乃ちゃんがいなかったら、夢を追うことすらできなかったかもしれないんだから。

「頼りにしてるからな、相棒」

「期待には応《こた》えて見せるよ。　だからこれからも彩乃のことをよろしくね」

「ああ」

こうしてラビットハウス定例会議は終了し、ここからが活動本番。

翌日から楓先輩を口説き落とそう作戦が始まった。

六話　天賦の才と、もう一つの致命的な欠陥

Sukinako ni furaretaga,
Kohaijyoshi kara
"Senpai, Watashijya
dame desuka?"
to iwaretaken

そんな感じで、俺《おれ》は楓《かえで》先輩に好きになってもらおうと意気込んだんだが……。

まぁ現実は厳しく、楓先輩との仲に劇的な変化はないまま時間だけが過ぎていた。

もちろん、一緒に過ごす時間が増えるほど仲良くはなっている。

一緒に登校し、お昼を一緒に食べ、部活動に勤《いそ》しみ、朝と同じように二人で帰宅する。

クールでどこか人を寄せ付けない雰囲気を纏《まと》っていた楓先輩だったが、それは夢に対するひたむきな姿勢の裏返し。話をしてみれば穏やかで温かく、とても優しい人だった。

自惚《うぬぼ》れかもしれないが、もしかしたら相手が俺だからというのもあるのかもしれない。

俺はドラマ制作、楓先輩は女優という、ある意味共通している夢。

当然、話は合うし共通の話題も多く、最初は話すことすら緊張していたが、お互いに好きなドラマや好きな俳優などの話は尽きることなく時間を忘れて盛り上がることができる。

気が合うというのは、こういうことなんだろう。

そう実感しつつ過ごしていた、ある日の帰り道。

「鳴海《なるみ》君、一つお願いがあるの」

歩道側を歩く楓先輩が、少し戸惑った様子で口にした。

「どうしました？」

「実はね、鳴海君に練習相手をお願いしたいの」

「練習相手というと……演技のですか？」

楓先輩は小さく頷《うなず》く。

「舞台の練習もだいぶ進んで、そろそろ読み稽古《げいこ》も終わりでしょ？　立ち稽古が始まる前に、ヒロインと主人公がお互いの想《おも》いを確認し合うシーンの練習をしておきたくて」

「確かに、その方がいいですね」

舞台の練習にはいくつかの工程がある。

まず最初に行うのは、読み稽古という主に台詞《せりふ》や掛け合いの流れを確認する練習。

読み稽古は主に台詞を覚えることが目的だから、そこまで精度というか、感情移入は求められない。だが、読み稽古の次に行う立ち稽古となれば話は違う。

立ち稽古とは言葉の通り立って行う稽古のことで、シーンごとに演出をつけ、ひたすら繰り返し演技の精度を上げていく作業。つまり、感情を乗せた演技が求められる。

恋心がわからないままではできない練習だから、その前に形にしておきたいんだろう。

それに俺も、恋心を理解できていない今の雨宮先輩が、どの程度、恋愛シーンを演じられるのか確認をしておきたい。

「わかりました。演技には自信がありませんけど、俺でよければ付き合います」

「本当？　ありがとう」

「もう少し行くと公園がありますから、そこでやりましょうか」

「できれば人目に付かないところがいいかな……」

「人目に付かないところ……」

そうだ。

「楓先輩、付いてきてもらえますか？」

「いいけど、どこに行くの？」

「ちょうどいいところに心当たりがあるんです」

俺はそう答え、楓先輩と目的地へと向かった。


やってきたのは俺たちの活動の拠点、古民家スタジオだった。

「ここは？」

「俺たちが活動の拠点にしているところです。みんなマンション暮らしだから小さい頃《ころ》から遊び場がなくて、俺の父さんが遊び場代わりに俺たちに買い与えた家なんですよ」

楓先輩は玄関にぶら下げてある看板に目を向ける。

「……ラビットハウス？」

「俺たち映像制作チームのチーム名です。この家は今でこそ自分たちでリフォームして綺麗《きれい》になりましたけど、当時はもうボロボロの平屋だったので、大きいうさぎ小屋みたいだったんですよね。それをそのままチーム名にしたんです。どうぞ、上がってください」

「お邪魔します」

遠慮気味に敷居をまたぐ楓先輩を中に招く。

楓先輩は少し驚いた様子でリビングを見回していた。

それもそうだろう。

ぼろいままの外観には似つかわしくない綺麗な内装。壁をぶち抜き柱をすげ替え、断熱材を入れた後に石膏《せっこう》ボードを張って壁紙まで自分たちで張り替えた。

床は畳からフローリングに張り替えて、後々機材を搬入することも考えて棚を作ったり投影用のプロジェクターを壁に設置したり。

外は和風で中は洋風というアンマッチな内装に驚くのも無理はない。

「すごいね。これ自分たちでリフォームしたの？」

「はい。ホームセンターで材料を買ってきて数年がかりで。さすがに水回りは父さんが業者を手配してやってくれましたけど、それ以外はほぼ全部やりました。外装は後回しですね」

「よく自分たちでやれたね」

「今はネットを探せばいくらでもやり方が載ってますからね。後は根気の問題です」

「機材もすごい。これだけ揃《そろ》えるのはお金も掛かったんじゃない？」

「去年一年間のアルバイト代が全部飛びましたよ」

「本気でドラマを作ろうとしてるんだね……」

こうして目《ま》の当《あ》たりにして俺たちが本気だということを実感したんだろう。

「でも、どうしてここに？」

「ここなら近くに民家もありませんし、庭もあるのでちょうどいいです。それに、せっかくなら映像に残した方が演技を確認できていいと思ったのと、このビデオカメラは買ったばかりなので試し撮りもしてみたかったんですよね」

そう答えながらビデオカメラを手にして見せる。

「すごい。本格的なんだね」

「本気でドラマを撮るならこのくらいは準備しないと」

「鳴海君はすごいね。こうして夢に向かって前進してるんだもの」

楓先輩はそう言ってくれる。

でも――。

「俺は全然すごくなんてないですよ」

機材の準備をしながらそう答える。

「ドラマを撮りたいと言っても、まだ一本も撮れていません。そのための準備をしてきましたけど、仲間に支えられているおかげです。脚本は彩乃《あやの》ちゃんが書いてくれているし、機材の手配とか細かいことは司《つかさ》に任せっきり。俺が今までしてきたのは、映画を撮るための資金稼ぎのアルバイトと女優探しだけ。二人がいなかったら、きっと何も進んでません」

本心でそう思うし、心から二人には感謝してる。

「彩乃ちゃんも司も本当にすごい奴《やつ》で、二人がいるから夢を追い掛けられる。才能のある二人に囲まれているからこそ、自分がなんの取り柄もない普通の奴だって痛いほど実感します」

そのことに、少なからず負い目を感じている自分がいる。

感謝をすると同時、頼りっきりでいることへの申し訳なさを感じずにはいられない。

「なんの取り柄もないなんてことはないよ」

すると、楓先輩は穏やかな声で、でもはっきりと口にした。

「誰《だれ》だって夢はある。でも、それを叶《かな》えるために行動できる人は少ないと思うの。どれだけ才能や能力があっても一歩を踏み出さなきゃ始まらない。最初の一歩を踏み出すことも、私は才能の一つだと思ってるよ。だから自分にはなにもないみたいに言わないで」

「ありがとうございます……」

その言葉に、感動のようなものを覚えてしまった。

いつだって夢を語る度に笑われ、適当な言葉であしらわれてきた。

みんな口では頑張れとか応援してるとか言うが、それが本心でないことなんて嫌でも気づく。建前《たてまえ》で言ってくれる奴ならまだマシで、中には面と向かってバカにされたこともあった。まるで『夢を見ている奴がおかしいんだ』というような風潮は少なからずある。

本気なんだと受け止めてくれたのは仲の良い司と彩乃ちゃんだけだった。

だから、初めて誰かに認めてもらえた気がした。

「それなら楓先輩だって同じですね」

「そっか。私たち、もしかしたら似た者同士なのかもね」

笑顔でそう言ってくれることが、なにより嬉《うれ》しいと思った。

「じゃあ、さっそくやりましょうか！」

「うん」

とはいえ、ビデオカメラのセッティングはどうしようか。

三脚はあるけど、せっかく楓先輩を撮るんだから定点撮影じゃもったいない。多少カメラワークを意識して撮影したいところだけど……俺は相手役でそうもいかない。

なんて思っていると、小さな足音と共に聞き慣れた声が響く。

「……なにしてるんです？」

そこへ現れたのは彩乃ちゃん。

眉《まゆ》をひそめ、何故《なぜ》か怪訝《けげん》そうな表情をこちらに向けている。

「彩乃ちゃん。ちょうどいいところに来てくれた」

「ちょうどいい？」

「少しでいいから撮影を頼めないかな」

「撮影？」

「楓先輩の練習を撮ろうと思ってるんだけど、俺は相手役をするからさ」

そうお願いすると、彩乃ちゃんはそっぽを向く。

「私、そんなことをするためにスタジオに来たんじゃないんですけど。鳴海先輩、私が結構大変なの知ってますよね？　関係ないことに時間を割いてる暇はありません」

どうやら今日の彩乃ちゃんはご機嫌斜めらしい。

そっとしておきたいところだが、他に頼める人がいない。

「楓先輩、ちょっと待っててください」

俺は楓先輩に断りを入れてから彩乃ちゃんに駆け寄り小声で話しかける。

『そう言わないでお願いできないかな。彩乃ちゃんが忙しいのはわかってるんだけど、楓先輩と練習するのは次の舞台のヒロインを演じるためなんだ。恋心を理解してヒロインを演じられるようにならないと、俺たちのドラマに出てもらうこともできないんだからさ』

手を合わせて丁重に頭を下げると、彩乃ちゃんは仕方なさそうに嘆息する。

『わかりました。少しだけですからね』

『ありがとう！』

『ちょっ――！』

思わず彩乃ちゃんの手を握ってお礼を口にする。

「楓先輩、お待たせしました。大丈夫です。さっそく始めましょう」

「うん。でもその前に、ちゃんとご挨拶《あいさつ》させて」

楓先輩は彩乃ちゃんのもとへやってくる。

「この前は突然のことで、ちゃんと自己紹介できなかったから。私は三年の雨宮《あまみや》楓。鳴海君とは同じ演劇部なの。いきなり協力をお願いしてごめんなさい」

「一年の椋千《むくち》彩乃です。ご丁寧にどうも……」

「ドラマの脚本を任されてるんだってね。今度よかったら見せてもらえると嬉しいな」

「雨宮先輩が私たちのドラマに出てくれるなら、そんな機会もあるでしょうね」

「そうできるように頑張るね」

彩乃ちゃんも渋々ながら楓先輩と挨拶を済ませる。

「よし、じゃあ今度こそ始めましょう」

彩乃ちゃんにビデオカメラを渡す。

俺と楓先輩はフレームに収まる位置に立ち、台本を手に向かい合った。

「鳴海君は上手《うま》く演じようとか気にしなくて大丈夫。台詞を返してくれればいいよ」

「わかりました。いつでも大丈夫です」

楓先輩は小さく頷くと、一度大きく深呼吸をした。

これまでの練習は台詞や立ち位置を覚えるための読み合わせで、演じるという意味ではそこまで力を入れた練習ではなかったが、今の楓先輩は本気で演じようとしている。

こうして楓先輩の本気の演技を見るのは新入生歓迎会以来のこと。

あの時はステージから遠く離れた場所にも拘《かか》わらず強い衝撃を受けたんだ。面と向かっているこの状況なら、いくら苦手と言ってもあれ以上の衝撃を受けるに違いない。

はたして、どれほどの演技力を見せてくれるのか。

大きな期待を胸に臨んだんだけど――。

「ハジメテアッタアノヒカラー」

「……は?」

次の瞬間、電池が切れかけた電子音声みたいな音が耳に飛び込んできた。

まるで小さな女の子がお遊びで使う台詞が録音されたお人形さん。あれの電池が切れかかった時に流れる、宇宙人みたいに不安定な音声そのもの。

今の声が、楓先輩の口から発せられたのか?

「サイカイデキタトキ、コノデアイヲウンメイダトー」

そんな俺の疑問を肯定するかのように電池切れみたいな音声が続く。

いや、さっきよりさらに酷《ひど》い。まさに再生するたびに電池を消費している感じ。これが音声付き人形のものまねだったら百点満点なんだが、そんなわけがあるはずもない。

これなら幼稚園児のお遊戯会の方がましなレベルだぞ。

「次、鳴海君の台詞だよ」

「あ、ああ……すみません」

思わず放心状態だった俺は理性を取り戻して台詞を返す。

きっと今の二つの台詞は何かの間違いで、きっと次が本番。

わずかな希望に縋《すが》るように期待をしたんだが——。

「アナタノ#$*キデス?!%#ドト|……」

どうやら電池が切れてしまったらしい。

最後のセリフは最後まで聞き取ることができなかった。

今更疑いようがないが、何かの間違いであってくれと彩乃ちゃんに視線を向ける。

すると彩乃ちゃんはビデオカメラ片手に頭を抱えていた。

どうやらこれが現実らしい。マジか。

「どうだった?」

楓先輩は一演技終えたかのような清々《すがすが》しい顔で尋ねてくる。

「え、えっとぉ……」

今まで何百何千という映像作品を目にしてきて、ここまで感想に困ったことはない。まさか褒められるところが一つもないなんて思ってもみなかった。

ある意味、新入生歓迎会の時以上の衝撃を受けたのは間違いないが……どうしよう。

いや、でもここでおだててもいい結果になるとは思えない。

残酷だが、ありのままの姿を目にしてもらった方がいい。

「とりあえず、今のシーンの録画を見てみましょう」

「そうだね」

俺は彩乃ちゃんからビデオカメラを受け取り、楓先輩と縁側に腰を掛けて映像を確認する。

「「「……」」」

完全に時が止まった気がした。

「……これが私？」

「……はい」

否定するわけにもいかずそう答える俺。

すると楓先輩は燃え尽きたボクサーのように俯《うつむ》いてしまった。

「「「…………」」」

深海よりもなお深く重い空気が俺たちを包む。

こんな時、なんて言っていいかわからない。

「私……こんなに下手《へた》だったんだね」

「……はい」

心が痛い！　痛すぎる！

「やっぱり私に恋するヒロインは無理なのかな」

「そんなことはありません。今は恋心を思い出せていないからで、思い出せればきっといい演技ができるようになります。今は現実を知ることが大切、過度に落ち込む必要はないですよ」

気休めで言っているわけじゃないが、それでも落ち込みはするだろう。

どうするべきだろうか？

今のシーンをただ繰り返し練習したところで到底よくなるとは思えない。

とはいえ、立ち稽古が始まるまで時間はないし、このまま練習を終わりにしてしまったら、きっとよくないイメージが付き纏って今後の練習にも支障が出かねない。

なんて考えていると、彩乃ちゃんの言葉がふと頭をよぎった。


『相手を褒めるんですよ。持ち物とかセンスとか、姿勢とか——』


それだ！

「先輩、せっかくなので別のシーンもビデオカメラで撮ってみませんか？」

「別のシーンも？」

「はい。せっかくなら楓先輩の得意なシーンにしましょう。終わりよければ全《すべ》てよしじゃないですけど、最後にいいイメージを残して終えた方が次に繋《つな》がると思うんです」

「そうだね。じゃあ、もうワンシーンやってみようか」

「はい！」

最後に楓先輩の得意なシーンを見せてもらい、褒めることで気分よく終えてもらう。

彩乃ちゃんのアドバイスがこんな時に役に立つとは思わなかった。

「彩乃ちゃん、もう一度だけお願い」

彩乃ちゃんにビデオカメラを渡しながら心の中でお礼の言葉を言いつつ、持ち直してくれた楓先輩の気が変わる前にカメラの前に立つ。

改めて台本を手に、楓先輩が指定したシーンのページを開いた。

それは、物語の転とも言える、愛し合う二人の別れのシーンだった。

「じゃあ、いくね」

「はい。頑張ってください――⁉」

返事をした瞬間、思わず鳥肌が立った。

俺と楓先輩の間に流れている空気の質が変わる。

大きく深呼吸をしながら俯いていた楓先輩が顔を上げると、不意に瞳《ひとみ》から涙が溢《あふ》れゆっくりと頬《ほお》を伝う。俺にゆっくりと歩み寄ると、俺の胸にしがみついて肩を震わせた。

圧倒的な迫力に身動き一つできない。

まだ台詞すら口にしていないのに、完全に楓先輩の演技に呑まれていた。

まさに新入生歓迎会の時の再現——いや、あの時舞台上で見せた以上の迫力。

ステージから遠く離れた体育館の隅ですら感じた迫力を、今は真正面から受け止めている。

身近で感じるこの迫力と空気間は、間違いなくあの時の比じゃない。

台詞を口にする前からこれかよ。

これが、楓先輩の本気——。

「お願い……もう私を一人に、しないで……」

だが次の瞬間——。

絞り出すように台詞を口にすると、楓先輩はそのまま崩れ落ちた。

「……？」

これも演技のうちだろうか？

そう思ったが明らかに様子がおかしいことに気づく。

「楓先輩!?　大丈夫ですか!?」

思わず楓先輩の肩を摑《つか》むと震えている。

心配になって顔を覗《のぞ》くと、明らかに動揺の色を浮かべていた。

慌てて楓先輩を抱きかかえてベンチへ座らせる。

それからしばらく、楓先輩は小さく嗚咽《おえつ》を漏《も》らしながら泣いていた。

どれくらいそうしていただろうか。楓先輩は落ち着いたのか、ポツリと呟《つぶや》く。

「ごめんね。やりすぎちゃったみたい……」

「やりすぎた……？」

「私ね、役を演じる時は今まで感じた感情の中で一番近い感情を思い出して演じるの。今は大切な人との別れのシーンだったから、お母さんが亡くなった時のことを思い出してね……」

「思い出してって……」

正直、ヤバいと思った。

これはヤバい。ヤバすぎる。

楓先輩のように、演じる時に感情の引き出しを使って演じる役者は多いだろう。

過去の経験から近い感情レベルの想いを再現して演じるわけだが、他の役者がここまで完璧《かんぺき》に再現できるかどうかは別の話。むしろ完全に再現なんてできるはずがない。

なぜなら、記憶や想いはどれだけ望んでもいつか風化してしまうからだ。

それを完璧に再現できてしまう楓先輩は、明らかに異常としか言いようがない。

仁科《にしな》先生が口にしていた言葉を改めて思い出す――。

『確かに雨宮は天才だ。ただし、致命的な欠陥を抱えたな』


致命的な欠陥は一つじゃなかった。

そしてこれは、確かに女優として致命的すぎる。

知らない感情は演じることができないだけではなく、知っている感情を百パーセント再現できてしまう再現性。それは、苦しみや悲しみすらも完璧に再現して自分を傷つけてしまう。

この圧倒的な才能は、薄氷の上に立つような危うさのもとに成立している。

例えるならば、天才的な演技力を持つが故に自らを苦しめる諸刃《もろは》の剣。表現するあらゆるマイナスな感情が、その都度、刃《やいば》のように楓先輩の心を切り裂いていくようなもの。

女優として完璧な才能が、まさか自傷行為のように楓先輩を苦しめることになるなんて。

「練習の時も、たまにこうなっちゃうことがあるんだ。私もまだまだだね」

平静を装うように苦笑いを浮かべる楓先輩。

悲痛な思いを隠しきれない表情を見て思う。

この人には、コントロールしてくれるパートナーが必要だ。

ギリギリのラインを踏み越えずに、あくまで演技としての再現性を保つためには、この人を理解して支えてあげられる存在——つまり、役者を活《い》かすことのできる監督が必要だ。

その相手なくして、楓先輩が女優になったとしても長くは続けられないだろう。

いずれ消耗品のように心と感情が擦り切れて、演じることができなくなる。

だからこそ強く思う。

できることなら、その相手が自分でありたいと。

「少しずつ、コントロールできるようになりましょう」

「え……？」

「俺にできることならなんでもします。何度だって練習相手になります。やっぱり俺の作るドラマのヒロインは楓先輩がいい。楓先輩以外の人なんて考えられません」

「鳴海君……」

「俺が必ず、楓先輩がコントロールできるようにしてみせますから」

感情が高ぶっていたせいもあるかもしれない。

気が付けば俺は楓先輩に手を差し伸べていた。

「うん……ありがとう」

穏やかな笑顔で俺の手を握り返す楓先輩の頰は、夕日のせいかわずかに染まっている。

初めて握った楓先輩の手。楓先輩もわずかに力を込めて握り返してくる。

ぬくもりは、俺たちを照らす夕日のように温かかった。

「はい。しゅーりょー」

「うわっ！」

すると突然、画面外からカットインするように彩乃ちゃんが間に割って入ってきた。

「恋人同士なんだからイチャつくなとは言いませんけど、人前では遠慮してもらえます？」

「ご、ごめん……」

「ごめんなさい……」

反射的に謝り、俺と楓先輩は手を離す。

そんなつもりはなかったんだが、そう言われると妙に照れる。

そうか、世の中のカップルたちが人目もはばからずイチャついているように見えるのは、本人たちにとってはイチャついている自覚がないからなのかもしれない。

俺も気を付けよう……。


その後、俺たちはもう少し楓先輩の練習に付き合った。

今日のところはこれ以上、楓先輩の感情に波風を立てないようにシーンを選んで。

渋々だった彩乃ちゃんも、なんだかんだ最後まで付き合ってくれて、それなりに満足のいく練習が終わった頃、既に日は落ちかけていた。

「二人とも、今日はありがとう」

「いえ。また一緒に練習しましょう」

「うん。できれば毎日でもお願いしたいくらい」

気が付けば本番まで三週間ちょっと。

「そうですね。時間もないですし、そうしましょう」

「じゃあ、また明日」

「はい」

楓先輩は小さく頷くと彩乃ちゃんに視線を移す。

「彩乃ちゃん、付き合ってくれてありがとう」

「いえ。私たちのドラマのためですから」

「うん。私も鳴海君の撮るドラマに出られるように頑張るね。彩乃ちゃんの書く脚本も楽しみにしてる。またね」

そう言って小さく手を振って古民家スタジオを後にした。

その後ろ姿を見送りながら、彩乃ちゃんがポツリと呟く。

「雨宮先輩、すごかったですね……色んな意味で」

「彩乃ちゃんも気づいた?」

彩乃ちゃんは神妙な顔で頷く。

「だてに鳴海先輩と何百本も映画見てません。あんな女優さん、見たことないです。感情を完璧に再現できるとか才能が過剰すぎますよ。あの人は女優になっちゃダメな人だと思います」

そう思うのも無理はないし、俺だって一瞬そう思った。

でも――。

「そんなことないさ。楓先輩を支えられる監督さえいれば」

「まさか鳴海先輩がそうなるつもりですか？」

「ああ。ドラマに出てもらうなら、それができなくちゃ始まらない」

「まぁ、そうですね……」

大変なのはわかってる。

それでも俺が楓先輩の才能を活かせる監督になりたい。

「それと、一つ気になったんですけど」

「ん？　なに？」

「鳴海先輩、『今は恋心を思い出せていないからで、思い出せればきっといい演技ができるようになります』って言ってましたよね？　前にも思い出すって言った後に訂正してましたけど、どういう意味ですか？」

しまった……つい迂闊《うかつ》に言葉にしてしまっていた。

二度目ともなれば誤魔化《ごまか》しはきかないだろう。

「楓先輩のプライベートなことだから、あえて全部を話すこともないと思っていたんだけど……楓先輩、恋をしたことはあるらしいんだ。でも、その想いを覚えていないらしくてさ」

「恋をした時の気持ちを忘れてるってことですか？　そんなことあります？」

彩乃ちゃんが驚くのも無理はない。

自分が恋をして思うけど、この想いは忘れようとして忘れられるものじゃない。

それが初恋ならば、たとえ叶わなかったとしても心の奥底に大切に保管しておいて、なにかの拍子に思い出して懐かしむようなものなんだろうと思う。

でも、楓先輩は忘れてしまっているんだ。

「それに、どうして思い出すために選んだ相手が鳴海先輩だったんですかね。女優としての自分の弱みをわかってるなら、もっと早く他の誰かと付き合う方法もあったでしょうに」

「わからない。でも、思い出させてあげたいんだ」

改めて楓先輩の才能を目の当たりにした日。

自分がドラマを撮る以外になにをすべきか、わかった気がした。

七話　彼女が協力する理由

その後、俺《おれ》と楓《かえで》先輩の練習は毎日続いた。

昼休みは旧校舎の屋上で食後に練習し、放課後は部活。部活が終わった後も近くの公園や古民家スタジオで練習を繰り返し、今日も今日とて学校近くの公園で練習中。

だが、練習が至って順調かというと決してそうではない。

楓先輩の抱える問題は二つ。


一つ目は、知らない感情は全く演じることができないこと。

二つ目はその逆で、知っている感情なら百パーセント演じることができる再現性。

特に後者は致命的で、練習中、感情のコントロールがきかなくなることが多々あった。

その都度、俺がストップをかけて落ち着かせるんだが、プラスの感情もマイナスの感情も百パーセント再現できてしまうという振り幅の大きさ故にコントロールが難しい。

できないことも、できることも問題となっている今の状況は厳しい。

だが、この欠点は克服できれば、確実に女優としての武器になる。

そう思った俺は考えた末、楓先輩に一つの提案をした。

「普段の演技は七割で演じることを心掛けてください」

「七割？　どうして？」

「楓先輩の場合は感情のアクセルが緩《ゆる》すぎるんです」

よく理解できなかったのか、楓先輩は可愛《かわい》らしく首を傾《かし》げる。

「役者にとって『会心の演技』ってあると思うんです。見る者に深い感動を与えると同時、演じている本人ですら演技ということを忘れて入り込んでしまう瞬間です。普通、演じる際は演技だと自覚した上で演じますから、その領域に踏み入れることができる機会は稀《まれ》です」

楓先輩は頷《うなず》きながら俺の言葉の続きを待つ。

「でも楓先輩の場合、知っている感情においてはその領域に簡単に入れてしまう。感情のアクセルが緩いせいで、ちょっと踏み込むだけで演技とリアルの壁を越えてしまうんです。楓先輩にとってそれが普通のことでも、常に百パーセントを発揮できてしまうのは危ういんです」

ゲームで例えるのなら、常に会心の一撃、過剰なまでのオーバーキル。

格闘技で言えば、どれだけ全力を出しても肉体が壊れないよう無意識にセーブするためのリミッターが外れているようなもの。楓先輩の心には、そのリミッターがない。

なんでそんなことが可能なのかはわからない。

でも、それがどれだけ危ういかは誰《だれ》でもわかる。

「だから、普段からどこか自分を俯瞰《ふかん》して、抑えることを覚える必要があります。ただ勘違いして欲しくないのは、抑えることがマイナスではないということです。抑えるところを抑え、目いっぱいやれるところはやる。きっと今よりメリハリのある演技ができるようになります」

「なるほど……わかった。心掛けてみる」

そう信じて練習を続ける俺たち。

徐々にではあるが意識して感情をコントロールができるようになってきた頃――練習に付き合い続けたこともあり、俺も台本の台詞《せりふ》を丸暗記してしまっていた。

そしてもう一つ、肝心の恋するヒロインの演技については。

「アナタノコトガスキダカラー!」

相変わらずだった……。

いや、全くもって変化がなかったわけじゃない。

電池切れのおもちゃみたいな電子音から、日本語を覚えたての外国人程度には成長した。

昔見た韓流《はんりゅう》スターが日本語で愛を叫ぶCMを彷彿《ほうふつ》とさせる程度の変化を、はたして成長と呼んでいいものか判断に迷うが、成長ってことにしておいてくれ。お願いだから……。

そうこうしている間に週は明け――。

「では、昨日の続きのシーンから始めよう」

大会に向けた練習は読み稽古《げいこ》を終え、数日前から立ち稽古がスタート。

俺は仁科《にしな》先生の隣でビデオカメラを設置し、その練習風景を撮影していた。

「こうして立ち稽古が始まると、みんな演技のノリが違いますね」

部員たちは与えられた役を表現しようと必死に感情を乗せる。

それは読み稽古の時には見られなかった光景だった。

「当然だ。読み稽古は主に台詞を覚えることが目的だからな。プロの俳優ならともかく、高校生が読み稽古の段階で演技まで気を向ける余裕はないだろう。まぁ、雨宮《あまみや》は特別だがな」

そう。楓先輩だけは違った。

読み稽古の段階から一人だけずば抜けていた。

ただし、一つのシーンを除いて。

「それで、雨宮の件はどうなんだ？」

「え？」

不意に仁科先生が尋ねてきた。

「雨宮の抱える問題は解決したのかと聞いている」

「それは……」

正直、とても解決したとは言えない。

楓先輩が恋心を理解すべく恋人として過ごし始めて二週間。

司《つかさ》にも言われたように楓先輩に本気で好きになってもらおうとしているものの、相変わらず進展はなく、仲を深める程度で本当の恋人関係には至っていない。

それはつまり、楓先輩がまだ恋心を理解できていないことを意味している。

なにより、楓先輩の演技に大きな変化がないのがその証拠だろう。

「言葉を濁すということは、そういうことなんだろう。だが、本番まで残すところ三週間。解決していないからといって、苦手なシーンを先送りし続けるわけにもいかない」

仁科先生はそう言うと、立ち上がって練習を止める。

全力で嫌な予感がした。

「ちょっと待ってください。まさか、今からやるんですか？」

「ああ」

反射的に仁科先生の前に立ちふさがる。

「お願いします。もう少し待ってください」

「待ったらどうにかなるのか？」

「それは……」

返す言葉がないとは、こういう時に使うんだろう。

「成瀬《なるせ》、おまえは雨宮が恋愛シーンを演じるところを見たのか？」

「はい。一緒に練習をしているので」

「正直に言え。どうだった？」

とても嘘《うそ》を吐《つ》ける状況じゃないことくらいわかってる。

「……人に見せられるレベルじゃありません」

「だろうな。前に私が見てやった時は、日本語かすら怪しかったからな」

「でも、練習を始めたばかりだから！　もう少し時間があれば、なんとかしてみせます！」

「その言葉に責任を持てるんだろうな？」

仁科先生は厳しい瞳《ひとみ》で俺を見据える。

普段のダメ教師っぷりからは考えられないほど真剣だった。

「おまえがただの部員なら、ここまで厳しいことは言わない。だがおまえは、ドラマ監督として雨宮をスカウトしたいと言った。そして今、自分がなんとかしてみせると言った。女優の演技の出来は監督の責任だ。おまえに責任を取る覚悟はあるのか？」

「…………」

「今ならまだ、私の責任の下にどうにでもなる。無理だと思えば配役を替えることもできるだろう。だが、それも時間がある今ならの話だ。時間を掛けた結果どうにもならなければ、部全体に迷惑を掛けることになる。わかっているんだろうな？」

覚悟を試されている気がした。

今できないと言ってしまえば、確かに許されるだろう。

でも、そんなことは口が裂けても言えない。言っていいはずがない。

俺のドラマに出て欲しいからだけじゃない。楓先輩は、演じられる保証もないのに背水の陣でヒロイン役を引き受けたんだ。自らの殻をなんとか破ろうとして。

その覚悟を無視して、俺だけ諦《あきら》めるわけにはいかないだろ。

「わかってます。わかった上でお願いします。もう少し時間をください」

精いっぱいの覚悟と誠実さを言葉に乗せて頭を下げる。

「……今週いっぱいだ」

「え……？」

「ギリギリ待てて今週中。来週の頭には結論を出す」

「あ……ありがとうございます！」

決して余裕があるわけじゃない。

それでも、諦めるにはまだ早かった。

＊

仁科先生に期限を設けられてから数日後――。

「初めて会ったあの日から、きっと私はあなたに恋をしていました」

練習を続けた成果もあって、楓先輩はなんとかまともに台詞を口にできるようになっていた。

いや、もちろん演技としてのレベルで言えばまだ足りない。

それでもいつぞやの電池切れの音声に比べれば劇的な変化と言っていい。

最初にあれを見た時は、あまりの酷《ひど》さに初めて絶望という言葉の意味を理解した気がしたけど……この短期間で、ずいぶん成長したと思う。

「今のはどうだったかな?」

「はい。よくなったと思います」

「本当?」

「少し休憩をしながら映像を確認してみましょう。何か飲みますか?」

「ありがとう。コーヒーがいいな。少しだけ甘いやつがあれば嬉《うれ》しい」

「楓先輩もコーヒーが好きなんですか?」

「鳴海《なるみ》君も?」

「はい。しかも少しだけ甘めっていうのも一緒です」

「あら。気が合うね」

些細《ささい》な共通点に浮かれつつ、缶コーヒーを手に楓先輩の座っている縁側に向かう。

隣に座って缶コーヒーを渡し、ビデオカメラの映像を確認した。

「自分だとよくなってるかわからないな」

「なってますよ。間違いなく」

「でも、まだまだダメだよね」

残念だけど否定はできない。

他の感情と比べ、その再現度には天と地ほどの差がある。

今のままでは、仁科先生に指定されたタイムリミットに間に合うとは思えない。

「それでも最初に比べたら、感情の起伏のようなものは見て取れます。短期間ですごいと思いますよ。恋心を思い出せないにしても、なにか心境の変化でもあったんですか？」

「そ、それは……」

楓先輩は顔をそらして言葉を濁す。

リアクションを見る限り、やっぱりなにかあったんだろう。

これはいい傾向なんだと思う。

おそらく楓先輩の中で、恋心を思い出すには足りないが思うところがあるに違いない。それがなにかはわからないけど、多少なりとも演技に反映されているのはいい兆しだ。

本来なら俺を好きになることで恋心を思い出してもらえたらと思っていた。それがすぐに叶《かな》わなくても、恋心を思い出すことさえできればヒロインを演じることができる。

とはいえ、悠長なことを言っていられないのも事実。

後はなにか、別のきっかけがあれば……そうだ！

「楓先輩、次の日曜日って空いてますか？」

「日曜日？　うん。空いてるけど」

「よかったら映画を見に行きませんか？」

「映画？」

「はい。今上映中の恋愛映画があるんです。前に映画館で楓先輩と会った時、彩乃《あやの》ちゃんと一緒に見ようと思ってたんですけど見そびれてしまって。よかったら一緒に行きませんか？」

きっと今の楓先輩なら、いい影響を受けるはずだ。

「それって小桜澪《こざくらみお》が主演の映画？」

「そうです。知ってるんですね」

「実は私、その映画もう見たんだ」

「え？　そうなんですか？」

「見終わった後に、鳴海君と彩乃ちゃんに会ったの」

「そうだったんですね……」

正直残念。

かなり評判がよくて、ヒロインを演じている小桜澪の演技は高く評価されているらしいから、きっと今の楓先輩の参考になると思ったんだけど……。

「でも、そうだね……もう一度見てみようかな」

「いいんですか？」

「最初に見た時は、やっぱりヒロインの気持ちをちゃんと理解できなかったんだけど、もう一度見たらなにか変わるかもしれない。うん……そんな気がする」

「そういう直感は大事だと思います」

「でも、いいの……？」

「いい？　なにがですか？」

「これって、その……デートのお誘いだよね？」

「デート⁉」

言われて気づく。

確かにこれじゃデートのお誘いだ。

「すみません。そんなつもりじゃなかったんですけど」

「ううん。私たちは恋人同士なんだから、デートしない方がおかしいよね。でも……」

「どうかしましたか？」

「モールは人がたくさんいるから、鳴海君の好きな人が遊びに来てたらどうしよう。私が鳴海君と彩乃ちゃんがお付き合いしてると思ったみたいに、勘違いさせちゃうかもしれない」

「それは大丈夫ですから。本当に気にしないでください」

「……わかった。じゃあ、後で何時の回にするかメッセージして」

「は、はい！」

まさかこんな形で初デートにこぎつけることができるなんて思わなかった。

日曜日のことを想像すると、今から楽しみで仕方がないんだが……一つ困ったことがある。

デートってなにを着ていけばいいいんだっけ？

＊

「彩乃ちゃんいる⁉」

楓先輩との練習を終えた俺は、その足で古民家スタジオに駆け込んだ。

玄関から彩乃ちゃんに声を掛けつつリビングへ向かう。すると、いつものタブレットを鞄《かばん》にしまい、今まさに帰り支度をしている途中と思われる彩乃ちゃんの姿があった。

その隣には司の姿もある。

「ど、どうしたんですか？　そんなに息を切らして」

「よかった……まだいてくれて」

安堵《あんど》した瞬間、疲れを自覚して膝《ひざ》から崩れ落ちる。

「なにか飲みます？　コーヒーでいいですか？」

「いや、今は喉《のど》が渇いてるから水でお願い」

「はいはい。少々お待ちくださいね」

ペットボトルの水を受け取り一気に飲み干す。

「ありがとう。おかげで落ち着いたよ」

「それで、なにかあったんですか？」

「今度の日曜日、楓先輩とデートすることになったんだ」

「「え⁉」」

二人の声が重なる。

「よかったじゃないか」

「へーよかったですねー」

二人とも笑顔で祝福してくれたんだが、気のせいだろうか……彩乃ちゃんだけ一瞬ものすごく渋い表情をしたような気がする。なんかこう、苦虫でも噛《か》み潰《つぶ》したような顔に見えた。

でも今は満面の笑みだから気のせいだろう。

「それで彩乃ちゃんに聞きたいんだけど、デートってなに着ていけばいいだろ？」

「なんで私が他の女とのデートで着る洋服の相談を受けなくちゃいけないんですか？」

「え？」

満面の笑みのまま辛辣《しんらつ》な言葉を投げられた。

「え、えっと……」

「冗談です。最近冗談がマイブームなんです」

「そ、そっか」

表情とは裏腹に声音《こわね》がずいぶんガチだったような……。

なんていうかこう、深夜に聞こえたらホラーみたいな感じ。

「私とのデートの時は……」

「え？　なに？」

言葉の続きが聞き取れない。

「そんなに心配しなくても大丈夫ですよ。デートに誘ってオーケーしてくれた時点で、ほぼ上手《うま》くいったようなものですから、よっぽど小汚い恰好《かっこう》して行かなければ大丈夫です。ブランドものとかじゃなくていいので、清潔感のある服を選んでください」

「清潔感か……でも俺、この一年くらい服買ってないんだよね。高校に入ってからは機材費用を稼ぐために、アルバイト代は全部貯金してたのもあるしさ」

「それも大切ですけど、もうちょっと身だしなみにも興味持ちましょうよ」

返す言葉もない……。

「わかりました。鳴海先輩、土曜日空いてますか？」

「ああ。空いてるけど」

「私が付き合ってあげますから、一緒に買いに行きましょう」

「ああ……ありがとう彩乃ちゃん！」

感謝のあまり思わず彩乃ちゃんの手を握りしめる。

やっぱり持つべきものは可愛い後輩の女の子だよな。

＊

そして迎えた土曜日――。

俺はいつものショッピングモールの入り口で彩乃ちゃんが来るのを待っていた。

土曜日のせいか人は多く、家族連れからカップルまで様々な客層が店舗の中へ入っていく。

慣れない場所に来ているせいか、他のお客さんの視線が気になってしかたがない。

早く来てくれないかとそわそわしながら待っていると、数分後に見慣れた姿が目に入った。

「お待たせしました」

「う、うん……」

驚きすぎて気の抜けた返事をしてしまった。

なぜなら、彩乃ちゃんの私服姿が以前の可愛い感じとは対照的に大人っぽかったからだ。

初夏には少し早い今の季節にぴったりの薄手の白のブラウス。ところどころレースをあしらってあるのがポイントになっていて可愛らしい。合わせているロングスカートはベージュの落ち着いた色合いで、どこぞのお姉さま風のコーディネート。化粧も服装に合わせているのか、前よりも落ち着いた品のある感じだった。

すごいな……女の子って服装とメイク次第でこんなに変わるのか。

「どうかしました？」

「今日の服装、すごく似合ってるね。この前の可愛い感じもよかったけど、大人っぽい恰好もいいと思う。なんだか彩乃ちゃんも大人になったんだなって思って感慨深いよ」

ちょっと感想が親戚のおじさん臭い気もするが、小学校の頃から知ってる女の子がこれだけ変わったのを見れば、そんな言葉も出てしまう。

「そうそう。そういうのでいいんですよ。雨宮先輩とデートをする時も、そんな感じで褒めてあげれば完璧《かんぺき》です。じゃあ中に入りましょうか♪」

機嫌よさそうな彩乃ちゃんに促され、メンズファッションエリアへと足を運ぶ。

「とりあえず、一通り見て回りましょう」

「ああ。彩乃ちゃんに任せるよ」

「はい。任せてください♪」

自信満々にそう言うと、彩乃ちゃんは店内をチェックし始める。

いろいろな服を手にしては戻し、手にしては戻し、なにやら考えるように首を傾げたり。俺は後ろについて回っているんだが、ぶっちゃけ服の良し悪しなんていまいちわからない。

気が付けば三十分も経過していた。

「彩乃ちゃん、服を選ぶポイントとかあるの？」

「そうですねぇ。無難にいくならマネキンが着てるのを丸ごと買えば間違いないですよ」

「そういうものなの？」

「あれは店員さんがコーディネートしているサンプルですからね。素人《しろうと》が自分で選ぶくらいなら知識のある人が選んだものをそのまま着る方が失敗しません。まぁ今回は私が付いてるので、マネキンセットを買ったりはしませんけど」

「頼りにしているよ。それで、よさそうなのはあった？」

「はい。一通り目星は付けましたから試着してみましょう」

彩乃ちゃんはカゴを手に手際よく選ぶと、洋服と一緒に俺を更衣室に押し込む。

何パターンか渡されたけど……とりあえず上から順番に着てみるか。

早速着替えてから試着室のカーテンを開け、彩乃ちゃんにチェックしてもらう。

「どうかな？」

「うん。いいですね。白のカットソーにベージュのチノパンは相性《あいしょう》がいいですし、黒のカーディガンもアクセントになっていると思います。暑ければ脱いでもいいですしね」

「俺もなかなかいいんじゃないかと思う」

「じゃあ次いってみましょう。あ、その前に一枚写真撮らせてください」

「写真？　なんで？」

「べ、別に鳴海先輩の写真が欲しいわけじゃなくて、漫画を描く時の参考にするためです」

「それならネットで調べればいくらでも出てくるんじゃない？」

「うぐ……そうですけど。いいから黙って一枚撮らせてください！」

そんな感じで写真を撮られ、彩乃ちゃん主催による俺のファッションショーは続く。

彩乃ちゃんは途中から盛り上がってしまったらしく、なんだかんだ十着以上も試着させられたけど、俺としても参考になったし楽しかったからよしとしよう。

会計中、彩乃ちゃんは満足そうにスマホを眺めていた。

なにか面白《おもしろ》い漫画でも見つけたんだろうか？


「今日は本当に助かったよ。ありがとう」

「いえいえ。私も楽しかったので気にしないでください」

目的を終えて店舗を後にした俺たちは、帰り道を並んで歩いていた。

「せっかくだし、どこか寄ってく？　彩乃ちゃんにはお世話になってるし、ドラマ制作周りでいろいろ頑張ってもらってるし。この前、息抜きに付き合って欲しいって言ってたしさ」

「本当ですか？」

「ああ。行きたいところある？」

「そうですねぇ……」

彩乃ちゃんは顎《あご》に手を当てて考えるような仕草を見せる。

「じゃあ、ちょっと付き合ってもらっていいですか？」

「もちろん」

一歩先を歩き始めた彩乃ちゃんに続いて足を進める。

話をしながらしばらく歩き続け、辺りが夕焼けに包まれ始めた頃。

見慣れた光景の前で、彩乃ちゃんは足を止めた。

「ずっと、ここに来たいと思ってたんですよね」

二人で訪れた場所は、俺たちが通った小学校だった。

休みの日だから中に入ることはできず、校門の前で校舎を眺める。

「懐かしいな……でも、どうして小学校に来たかったの？」

「これから忙しくなりそうですから、気持ちがぶれないように再確認をしたかったんです」

「再確認？」

彩乃ちゃんは笑顔で、どこか懐かしそうな目をしていた。

まるで遠い過去を思い出すように。

「鳴海先輩……私たちが初めて会った時のこと、覚えていますか？」

「もちろん。忘れたことなんて一度もないよ」

今でも昨日のことのように思い出せる。

それくらい彩乃ちゃんとの出会いは印象的だった。

＊

あれは俺が小学五年の時――。

当時、すでに将来はドラマを作りたいと夢見ていた俺は、ドラマを見るだけじゃ足りなくて物語に触れるという意味で小説にも手を出し、毎日のように図書室に足を運んでいた。

そんなある日、俺は図書室の隅で一人漫画を描いている彩乃ちゃんを見かけた。

物語を漁《あさ》っていた俺にとって、漫画を描いている女の子との出会いは衝撃だった。

「君さ、漫画描いてるの？」

「――!?」

話をしたいと思うあまり、初対面にも拘《かか》わらず声を掛けたんだ。

今にして思えば、上級生から突然声を掛けられるなんて怖い思いをしたんだろう。

「あ、待って！」

彩乃ちゃんは一言も声を発せずに、荷物を持って逃げるように図書館を後にした。

その日から毎日、俺の図書室通いが始まった。

彩乃ちゃんに声を掛けては逃げられを繰り返すこと一ヶ月。

あの手この手で仲良くなろうと奮闘した結果――。

「そんなに……見たいですか？」

「見たい！　いいの⁉」

「笑わないって、約束してくれますか……？」

「もちろん。絶対に笑ったりなんかしないよ」

初めて彩乃ちゃんと交わした言葉は、そんな一言二言。

恐る恐る差し出された漫画を目にした時の衝撃は今でも鮮明に覚えている。

もちろん、今にして思えば小学四年生が描いた漫画だから稚拙な部分もあったんだろう。

でも当時の俺にとって、彩乃ちゃんの紡《つむ》ぎ出す世界は輝いて見えた。

読み終えた瞬間、この子しかいないと思った。

この女の子の描く物語でドラマを撮りたいと思ったんだ。

それを機に俺たちは少しずつ話をするようになり、彩乃ちゃんの描く漫画の面白さに魅了された俺は、彩乃ちゃんにドラマの脚本を書いて欲しいとお願いした。

快く引き受けてくれた彩乃ちゃん。

これが俺と彩乃ちゃんが同じ夢を見るに至った出来事。

まぁその後、俺が彩乃ちゃんにちょっかいを出していると耳にした司と、本気の殴り合いをすることになるんだが……。

気が付けば、あれから五年以上も経《た》ったんだな。

*

「あの頃《ころ》の私は、誰が見てもつまらない女の子でした」

彩乃ちゃんは真《ま》っ直《す》ぐに校舎を見つめながら口にする。

「両親は厳しくて、優等生であることを望まれて勉強ばかりしていて、そのせいでクラスでも孤立していました。漫画を描いていたのは、現実逃避みたいなところがあったんです」

彩乃ちゃんの家庭事情は知っている。

それが当時の彩乃ちゃんにとって、どれだけ負担だったかも知っている。

「鳴海先輩は、そんな私を認めてくれた初めての人だったんです。だから一緒にドラマを作ろうって誘われた時は本当に嬉しかった。私みたいな子でも必要としてくれる人がいるんだって。あの日から、鳴海先輩の夢を叶えることが私の夢になったんです」

もちろん、その言葉に一切《いっさい》の嘘偽りがないことも。

「ずっと言おうと思っていたんです。あの時、諦めないで私に声を掛け続けてくれてありがとうって……」

「お礼を言うのは俺の方だよ。彩乃ちゃんが一緒に夢を見てくれてなかったら、今頃《いまごろ》どうしていたかもわからない。司とも出会えないままだったかもしれない」

この五年間、二人には変わらず感謝している。

「だから鳴海先輩。私がいろいろ頑張ってるとか気にしなくていいですよ。夢を叶えるためには大変なこともやらなくちゃいけない。やりたいことを一個成し遂げるためには、嫌なことを百個やらなくちゃいけないことくらい、ちゃんとわかってますから」

彩乃ちゃんはめいっぱいの笑顔で口にする。

「ありがとう……」

口から溢《あふ》れたのは純粋な感謝の言葉。

この想《おも》いは、千の言葉をもってしても伝えきれないいんだろうな。

「あ、でも、頑張ってるとか気にしなくてもいいですけど、たまにこうして気晴らしには付き合ってくださいね。わたしアイデアに詰まった時とか、かなり我儘《わがまま》言うと思いますよ」

「もちろん。いくらでも付き合うし、我儘くらい何度でも聞くさ」

「約束ですからね」

今はまだ夢の途中。

途中どころか一歩を踏み出したばかり。

彩乃ちゃんの協力を無駄にしないためにも、まずは楓先輩とのデートを成功させる。そして恋心を思い出してもらい春季大会を成功させて、俺たちのヒロインを演じてもらう。

心の中で、決意を新たにしたのだった。

八話　それぞれの想い

そして迎えた翌日の日曜日――。

俺《おれ》は約束の時間より三十分も早く待ち合わせの映画館に着いていた。

今日のデートのことを考えると楽しみと不安と緊張と、様々な感情が押し寄せて昨夜は遅くまで寝ることができず、やっと寝付いたと思ったら朝の五時過ぎに目が覚める始末。

結局、遅刻が怖くて二度寝することもできず、家にいても落ち着かず、こんなに早く着いてしまって今に至る。

もう何度スマホで時間をチェックしたかわからない。

そうこうしている間にも時間は過ぎて待ち合わせの十分前。

身だしなみをチェックしようと入り口のガラスに映る自分の姿を覗《のぞ》き込んでいる時だった。

ガラスに反射して見えた姿に思わず振り返る。

「鳴海《なるみ》君、待たせちゃったかな？」

「い、いえ。俺もさっき来たところです！」

お決まりの文句を口にしつつ、初めて目にする楓《かえで》先輩の私服姿に目を奪われた。

白を基調とした花柄のワンピースは透け感のある薄手の生地が涼しそうな印象を与え、春にしては暖かい今日のコーディネートとしては最適。合わせているミュールも同系色の白だった。

シンプルな着合わせが、落ち着いた楓先輩の雰囲気とマッチしている。

本当……眼福というかなんというか、生きててよかった……。

「今日の服すごく似合ってますね。春らしくてとてもいいと思います」

なんていつまでも感動に浸っていても仕方がない。

彩乃ちゃんに教えてもらったように、本人ではなく相手の要素の一部を褒めてみる。

「え……」

すると楓先輩は、想像以上に驚いた様子を浮かべた。

「あ、ありがとう……嬉《うれ》しい」

一転して恥ずかしそうに口元を手で隠しながら視線をそらす楓先輩。

普段クールな楓先輩がこんな表情をするなんて驚きだが、喜んでくれたならなによりだ。

なんだか褒めているこっちまで恥ずかしくなってくるようなリアクション。

「じゃ、じゃあ中に入りましょうか！」

「うん」

恥ずかしさを誤魔化《ごまか》すようにテンションを上げて自動ドアを通り過ぎる。

映画館の中は、日曜日ということもあって大勢のお客さんがいた。

その多くがカップルで、今まで一人で映画館に来ると肩身の狭い思いをしていたが、こうして自分も恋人を連れてこられる日が来たんだと思うとなんだか感慨深い。

発券機でチケットを受け取った俺たちは、飲み物を購入して受付を済ませる。

シアターに入り席を確認して腰を下ろすと、しばらくして照明が落ち、お決まりの長いＣＭが流れた後に映画が始まった。

改めて、小桜澪《こざくらみお》が主演の高校を舞台にした恋愛映画。

事前の予告を見る限り、運命的な再会を果たした二人が魅《ひ》かれ合って付き合うことになるんだが、避けられない別れを前に苦悩しつつも、愛を確かめ合っていく少し切ない恋物語。

物語のラスト、別れを前に二人はどんな決断をするのかが見どころ。

映画が始まると、俺たちはすぐにスクリーンに目を奪われた。


「すごくよかったね！」

映画が終わった後、俺たちはモール内の喫茶店《きっさてん》に場所を移していた。

「私、恋愛映画でこんなに感動したの初めて！」

楓先輩は興奮冷めやらないといった感じで声を上げる。

普段落ち着いている楓先輩がこんなにテンションを上げる姿なんて初めて見た。二度目なのに、まるで初めて見たようなリアクション。それだけ面白《おもしろ》かったんだろう。

もちろん俺にとっても、心から面白いと思える映画だった。

この映画を見たのが初恋を経験した後でよかったと思う。

間違いなく、恋をする前と後では違った印象を受けるだろう。

「どうですか？　参考になりましたか？」

「うん。そうだね」

楓先輩は胸に手を当てて噛《か》みしめるように口にする。

「こんな気持ち、一度目に見た時は感じなかった。自分でも不思議なんだけど、こんなにヒロインの気持ちに共感できるなんて思わなかった。恋愛映画を見て泣いたのも初めてだったの」

「少しは恋心を思い出せましたか？」

「うん。だからこんなに感動できたんだと思う」

「それならよかった」

少しでも参考になったなら誘った甲斐《かい》があったというもの。

「やっぱり練習の成果があったんですかね」

「それもあると思う。けど、やっぱり……」

「やっぱり？」

「ううん。なんでもない」

聞き返すと、楓先輩は少し焦《あせ》った感じで話を濁した。

なんだろうと思ったが、楓先輩なりに思うところがあったのならそれでいい。

その後、俺たちは時間を忘れて映画の話題で盛り上がった。

あのシーンがよかったとか、あの女優さんの演技が素晴らしかったとか、思い思いに感想を口にしては語り合い、気が付けば一時間以上が経過していたことに驚く。

映画の話が一段落した頃だった。

「ところで、鳴海君はどうしてドラマを撮りたいと思うようになったの？」

楓先輩はふと尋ねてきた。

その質問は、これまで色んな人にされてきた質問。

その問いに答える時、俺はいつも一人の女の子のことを思い出さずにはいられない。

「とある女の子との出会いがきっかけでした」

「女の子？」

俺はグラスの中の氷を眺めながら頷《うなず》く。

「俺、小学二年の時に母さんが亡くなったんです」

「……うん」

「当時はすごく落ち込んでいて、家に帰って母さんが亡くなったのを実感するのが嫌で、学校が終わっても近くの公園で一人時間を潰《つぶ》していたんです。そんな時、上級生の女の子に『どうしたの?』って声を掛けられたんです」

たぶん、毎日一人でいる俺を心配して声を掛けてくれたんだと思う。

「優しく声を掛けられて、ほっとしたんでしょうね。事情を話すと、その子は俺の頭を優しく撫《な》でてくれて、初めて話をした相手なのに縋《すが》りついてわんわん泣いてしまいました。それから仲良くなって……ある日、その子の家に遊びに行ったんです」

それが俺にとっての転機だった。

「女の子の家で一緒に録《と》りためてあったテレビドラマを見たんです。そのドラマっていうのが、前に話した楓先輩のお母さんが出演していたドラマでした。娘を思う母親の強い愛情を題材にしたドラマを見て、心を救われたような気がしました」

きっと俺も、こんなふうに母さんに愛されていたんだって。

そう思えたことで、どん底から這《は》い上がることができたんだと思う。

「ドラマや映画なんてフィクションだろって言う人もいます。それは否定しません。でも、フィクションが人の心を震わせることができるのも事実です。自分が救われたように、フィクションは絶対に誰《だれ》かを救える。俺はそんな作品を作りたいんです」

「そっか……」

楓先輩は何故《なぜ》か懐かしむような表情で口にした。

「もしあの時、女の子に声を掛けてもらってなかったら今の自分はいません。すごく感謝しています……失意のどん底にいた俺を救ってくれたのは間違いなくあの子ですから」

「その女の子のこと、覚えてるの？」

その問いに、俺は小さく首を横に振る。

「いえ……その後、すぐに転校してしまって、結局お礼を言えてません」

もう名前も忘れてしまった女の子。

いつか再会できたら、あの時のお礼を言いたい。

自分に夢を与えてくれた恩は、九年経《た》った今も色あせてはいない。

「すみません。重い話をしてしまって」

「ううん。そんなことないよ」

楓先輩はそう口にすると、少し考え込むように視線を落とす。

「ねぇ鳴海君。この後、少し時間あるかな」

真《ま》っ直《す》ぐな瞳《ひとみ》を向けて尋ねてきた。

まるで何かを訴えるような決意するような、そんな瞳。

「ええ。大丈夫ですけど」

「一緒に行って欲しいところがあるの」

「わかりました。行きましょう」

「ありがとう」

こうして俺たちは喫茶店を後にする。

真剣な顔をしている楓先輩の誘いを断る理由はなかった。


モールを後にしてしばらく歩くと、見慣れた景色が目に入ってきた。

大きな道路から一本奥に入ったこの道は、小学校の頃《ころ》に通った通学路。

住宅街の景色は幼い頃の記憶とさほど変わらず、どこか懐かしさを覚える。

もう随分と遠い昔の記憶だと思っていたけど、こうして足を運んでみると思っていた以上に当時の街並みを覚えていることに驚かされた。

さらに進んでいくと、楓先輩は小さな公園の前で足を止めた。

「着いたよ」

「ここって……」

「ベンチに座ってお話しよっか」

「はい……」

返事をして近くのベンチに腰を掛ける。

懐かしそうな表情を浮かべる楓先輩とは対照的に、俺は驚きと疑問でいっぱいだった。

なぜなら、この公園は先ほど話した、俺がとある女の子と出会った公園だったから。

楓先輩はどうして俺をここに連れてきたんだ？

楓先輩にとっても、ここは思い出の場所なんだろうか？

疑問が頭を巡り何も言えずにいると、楓先輩はゆっくりと話しだす。

「前に、恋をしたことはあるけど、想《おも》いを覚えてないって言ったでしょ？」

「はい」

「私の初恋はね、ここで始まったんだ」

ここが楓先輩の初恋が始まった場所？

「小学三年生の時にね、ここで一人の男の子と出会ったの。その男の子はお母さんを亡くしたばかりで、いつも学校帰りにここに一人でいて、寂《さび》しそうにしている姿が気になって声を掛けたんだ。それをきっかけに、私とその男の子は仲良くなったの」

「え……？」

「学校帰りにこの公園で待ち合わせをして一緒に遊んだり、家に帰りたくないって言う男の子をうちに連れていって遊んだり。そんなある日、男の子に私のお母さんが出演してるドラマを見せたの。そうしたら、そのドラマをすごく気に入ってくれたみたいでね」

楓先輩の告白に、自分の中に埋もれていた記憶が掘り起こされるような感覚を覚える。

「いつか自分もこんなドラマを撮りたいって言ってたんだ」

ちょっと待ってくれ。

「それから少しして、私の両親が離婚したの」

「離婚……？」

「私とお母さんは母方のおばあちゃんの家で暮らすことになって、転校することになったんだ。両親の離婚のショックと、好きな男の子とお別れしなくちゃいけないショックで、転校後しばらくは全く笑うことができなかったの。まるで心がなくなったみたいに。たぶん……私が初恋の想いを覚えてないのは、それが原因だったんだと思う」

まさか……いや、でもそんなこと……。

「しばらくして元気を取り戻した時、自分が色々な気持ちを忘れてることに気づいた。記憶はあるけど、どんな想いでいたかを全然思い出せなくて……それが悲しくて、それからはどんなことがあっても、もう二度と想いは忘れない。思い出せるようにしようって心に決めたんだ」

それが楓先輩の才能のルーツなんだろう。

幼い頃に直面できないほどのショックを受けると、心が壊れないように防衛本能が働くことはよく聞く話。楓先輩の場合、記憶はそのままに想いを忘れることで心を守ったんだろう。

だけど楓先輩は、二度と想いを忘れたくないあまり大切に心の中にしまい込んだ。

それが結果として、楓先輩のずば抜けた感情の再現性を育て上げた。

いや、それよりも――。

「その男の子とはそれっきり、もう二度と会うことなんてないと思っていたんだけど……高校二年生になった時にね、その男の子が演劇部の後輩として入部してきたの。私のことは覚えてないみたいだったけどね」

「まさか……」

信じられない。

信じられないけど、もう疑いようがない。

「あの時の女の子が……楓先輩？」

そう口にすると、楓先輩は穏やかな笑みを浮かべて頷いた。

「そんな……」

あまりの驚きに頭が真っ白になりかける。

まさか、知らないうちに再会をしていたなんて。

「いつから俺のこと、気づいていたんですか？」

「鳴海君が演劇部に来た初日からだよ」

出会ってすぐ気づいていた？

「どうして黙っていたんですか？」

「当時のことを、鳴海君に思い出させたくなかったの」

驚きを隠せずに尋ねると、楓先輩はわずかに目を伏せながら口にした。

「あの時の鳴海君は、お母さんを亡くしてすごく落ち込んでいた。二人で遊ぶようになってから少しだけ元気になったけど、私が転校するまでいつも悲しそうにしていた。だから、あの時の女の子が私だって知ったら、当時を思い出して悲しい思いをさせてしまうと思ったの」

それが黙っていた理由。

「でもさっき鳴海君の話を聞いて、私と出会ったことで救われたって言ってくれて……そう思ってくれてるなら、話してもいいのかもしれないって思ったの」

それは紛《まぎ》れもなく楓先輩の優しさだろう。

話を聞いて納得すると同時、自分の中で色々なことが繋《つな》がっていく。

楓先輩が最初から俺のことを『鳴海君』と呼んでいた理由。

単に楓先輩は友達のことを名前で呼ぶ人なんだろうと思っていたけどそうじゃない。

当時、俺はあの女の子——つまり楓先輩から名前で『鳴海君』と呼ばれていた。

そしてもう一つ。

「お互いの目的のためとはいえ、俺と付き合いたいって言ったのも……」

「うん。初恋の男の子と形だけでもお付き合いできたら、恋をしていた時の気持ちを思い出せるかもしれないって思ったからだったんだ。誰でもよかったわけじゃないの」

やっぱりそうだったのか。

楓先輩にそうお願いされた時は、正直驚いた。

見知った仲とはいえ、話をしたこともない俺と恋人になりたいなんて、どうしてだろうと思ったけど……こうして説明を受ければ納得できる。

「…………」

なんていうか……言葉がない。

突如告げられたまさかの事実に、頭の中が混乱している。

でも、それでも思わずにはいられない。

もしかしたら、今が告白をするチャンスなんじゃないかって。

楓先輩の初恋相手は俺だった。

だから恋心を思い出すために俺に付き合って欲しいとお願いをした。

そして俺は今、楓先輩に恋をしている。

こんなのもう、運命だろ――。

「楓先輩」

今だ。今しかない――。

初めての告白を決意した直後、かつてない緊張感が襲ってくる。

心臓は握《にぎ》り潰《つぶ》されたように苦しく、手は血が通っていないかのように冷たい。喉元《のどもと》まで言葉が出かかっては何度も呑《の》み込《こ》み、それでも意を決して言葉にしようとした時だった。

「でも――」

耳にした言葉に、固めた覚悟が砕け散った。

「この関係は、もう終わりにした方がいいと思うの」

「……え？」

瞬間、頭の中が真っ白になると同時、心臓が大きく跳ねた。

この関係を、終わりにする……？

「最近、ずっと思っていたの。鳴海君は好きな人がいるのに、このままでいいのかなって。恋を勉強するためとはいっても、私と付き合ってるのをその人に知られたらまずいでしょ？」

まずくなんてないし、見られる心配もない。

だって俺の好きな人は楓先輩なんだから。

「鳴海君には本当によくしてもらった。私の我儘《わがまま》でお付き合いしてもらったり、練習に付き合ってもらったり。そのおかげで、まだ完璧《かんぺき》とは言えないけど少しずつ恋心を思い出せてきた。すごく感謝してるからこそ、私のせいで鳴海君の恋がダメになるかもしれないなんて嫌なの」

違う――。

そうじゃない――。

「っ……」

言葉が喉元まで出かかったが、申し訳なさそうにする楓先輩の顔を見て思わず呑み込んだ。

俺は全《すべ》てを話せば楓先輩と結ばれると思っていたが、そうじゃないんだ。

もし楓先輩が今でも俺に好意を持ってくれているのなら、もし初恋の想いを思い出して俺のことを好きになってくれているとしたら、関係を終わりにしようなんて言うはずがない。

つまり、楓先輩にとって初恋は過去のことにすぎない。

楓先輩が全てを語ってくれたのは、過ぎ去りし思い出だからこそ。

それがわかってしまい、なにも言えなくなってしまった。

「鳴海君と再会できて嬉しかったし、短い間だけどお付き合いできて嬉しかった。鳴海君のおかげで少しだけど恋心も思い出せた。どうなるかわからないけど、後は一人で頑張ってみる」

楓先輩はそう口にすると立ち上がり。

「今までありがとう。じゃあね」

笑顔でそう言い残し、公園を後にした。

一人公園に取り残された俺は、しばらくなにも考えられずにいた。

この三週間は、いったい何だったんだろうか？

楓先輩の演技を見て恋に堕《お》ちると同時、ヒロインはこの人しかいないと思った。恋と夢の両方を成就《じょうじゅ》させるために彩乃ちゃんと恋の勉強を始め、それを知った楓先輩と付き合い始めた。

少しずつでも、楓先輩との距離は縮まっていると思っていた。

楓先輩の初恋相手が俺だったと教えられた時、全てが上手《うま》くいくと思ったんだ。

それなのに……こんなことになるなんて。

「これが失恋か……」

言葉にした瞬間、初めて感じた『痛み』に心が砕け散りそうになった。

自覚すると同時に、あらゆるマイナスの感情が身体中を埋め尽くす。

心に痛覚なんてありはしないのに、どうしようもなく胸が痛くて仕方がない。

あらゆるドラマや映画で失恋を扱う時、揃《そろ》って胸が痛いと形容しているが、そんなことが本当にあるのかと疑問に思っていた……でも、自分が経験して初めて思う。

胸が、心が、全身のあらゆる細胞が悲しみに支配されて悲鳴を上げている。

身体の内側から溢《あふ》れてくる、痛みとも寒気とも思えるような感覚に自分の腕を抱きかかえた。

まるで血管を流れる血液が氷水にでもなったかのように全てが凍えていく。

無理だ……これは耐えられない。

心が枯れていくような喪失感に、視界が滲《にじ》みかけた時だった。

「鳴海先輩……」

何度も聞いてきたその声が、かつてないほどに優しく公園に響いた。

振り返ると、そこには悲痛な表情を浮かべる彩乃《あやの》ちゃんの姿があった。

「……どうしてここに？」

平静を保とうとしたができるはずもない。

やっとの思いで絞り出した声は、泣き声のようにかすれていた。

「鳴海先輩が心配で、ずっと陰から見ていたんです」

「そっか。じゃあ、全部見てたんだね」

「はい……」

年下の女の子の前で情けない姿を晒《さら》すほど堕《お》ちてはいない。

瞳を閉じて、大きく深呼吸をして、平静を装って顔を上げる。

「仕方ないよな」

そう。仕方がないと自分に言い聞かせる。

「俺と楓先輩が付き合ったのは、お互いの目的のため。楓先輩は、俺が別の誰かを好きだと思っているんだから、付き合い続けることで俺に気を使うのは当然だよ」

むしろこの結果は、楓先輩の優しさだ。

自分がまだ恋心を理解しきれていないのに、俺の初恋をダメにさせまいと。

「でも、あの時の女の子が楓先輩だったって知って、楓先輩の初恋相手が俺だったって聞いて期待したんだ……俺の気持ちを伝えれば、両想いになれるんじゃないかって。これが運命なんだって、ドラマみたいなことを思った……でも違った」

「鳴海先輩……」

楓先輩にとって、その想いは過去のことでしかなかった。

いつだったか、彩乃ちゃんが恋はタイミングが大切だと言っていたことを思い出す。

確かにそうだ……お互いに恋をし合ったのに、タイミングが違った結果。『あの頃、私はあなたのことが好きだったんだ』なんてシーン、ドラマじゃありふれている。その全てが、報われることのない想いとして描かれているじゃないか。

初恋が成就する確率は一パーセント。

ご多分に漏《も》れず、俺の初恋もその他、九十九パーセントのうちの一つだっただけ。

それでもさ……誰だって自分の初恋は特別だって思うんだよ。

俺ならきっと一パーセントの奇跡を起こせるって思うんだ。

「こんな形で失恋するなんて思わなかった。できれば報われて欲しかったけど仕方ない。もう……俺のことを好きになってくれる人なんて、一生現れないような気がしてきた——」

「そんなことありません」

自虐的に言うと、彩乃ちゃんは被《かぶ》せるように言い切った。

「ありがとう……慰めの言葉でも嬉しいよ」

「慰めなんかじゃありません。鳴海先輩を好きな人はいます」

彩乃ちゃんは妙に力強く言葉にする。

なんでそこまで——。

そう思うより先に、彩乃ちゃんの唇が震えた。

「私は、鳴海先輩のことが好きですよ」

「え……？」

一転して穏やかな声音《こわね》が、風の音と共に耳を通り抜けた。

まるで時が止まったかのように、二人の間に静寂が訪れる。

「俺だって彩乃ちゃんのことは好きだよ。でも俺の言っている好きの意味は――」

「同じです。鳴海先輩が楓先輩を想う気持ちと同じように、私は鳴海先輩が好きです」

「……ありがとう。嘘《うそ》でもそう言ってくれて嬉しいよ」

一瞬本気にしかけると同時、わずかな苛立《いらだ》ちが胸を襲った。

「嘘じゃありません。嘘なんか言いません」

「本当に、いいから……」

彩乃ちゃんの言葉が優しさからだとわかっていても耐えられない。

やめてくれ。慰めの言葉なんていらない。

これ以上、みじめな思いはしたくない。

「なんで信じてくれないんですか？」

「なんでって……」

もういい。

「もう、そっとしておいて――!?」

感情が弾けて叫びそうになった時だった。

彩乃ちゃんは縋り付くように俺の胸に手を当て、シャツを握りしめながら顔を上げる。

どんな表情をしているか
確認するよりも早く、
俺の視界がふさがれた

何も見えない。

いや、正確には見えているんだが、あまりにも近すぎて焦点が合わない。

混乱する思考の中、感じたのは自分の唇に触れる柔らかな感触と温《ぬく》もり。

なにが起きているか理解したのは、彩乃ちゃんが顔を離した後だった。

「これで信じてもらえましたか?」

彩乃ちゃんは表情を歪《ゆが》めながら、それでも真剣な目で俺を見つめる。

その頰《ほお》は真《ま》っ赤《か》に染まっていて、ようやくその想いが本物なんだと気づいた。

「……いつから?」

「鳴海先輩に一緒に映画を撮ろうって誘われた、あの日からです」

そんな昔から——?

「鳴海先輩。私じゃダメですか……?」

そう口にする顔は、今にも泣きだしそうだった。

必死さと覚悟と溢れる想いと、全てがごちゃ混ぜになったような表情で俺を見上げる。

「私はちゃんと、鳴海先輩のことが好きです。一人ぼっちで過ごしていた私に声を掛けてくれた時、私の世界は広がったんです。鳴海先輩と出会えてなかったら、今の私はいません。私が変われたのは鳴海先輩のおかげ。好きにならずになんていられるはずがありません」

もはや疑いようがない。

「ずっと好きでした。これからも変わらず好きです。だから、自分のことを好きになってくれる人が一生現れないなんて、そんな悲しいことを言わないでください」

これだけ想いのこもった言葉が嘘なはずがない。

いくら恋の勉強中とはいえ、そこまで鈍感じゃない。

それでも——。

「ごめん。今は……なにも考えられないよ」

好きな人に振られた直後、ずっと傍《そば》にいてくれた女の子からの告白。

頭の中がごちゃごちゃで、感情もぐちゃぐちゃで、もうなにがなんだかわからない。

ただ一つはっきりしているのは、楓先輩に振られて悲しいけれど、それでも諦《あきら》める気になんてなれないということ。

すっぱり諦めがつくなら、こんなに悲しみに暮れたりしない。

この心の痛みがそのまま、楓先輩への想いの強さを意味しているんだから。

「わかってます。鳴海先輩が雨宮先輩のことを諦められないことは。私だって鳴海先輩に彼女ができたくらいで諦めようなんて思いませんでしたから」

俺のシャツを握る彩乃ちゃんの手に力がこもる。

「鳴海先輩、一パーセントを叶《かな》えられた人って、どんな人だと思いますか？」

「……どうだろう。わからないな」

「私、思うんです。初恋を叶えることができた人は、運がよかったわけでも、相思相愛だったわけでもない。運命でもなく、最後まで諦めなかった人だって」

「諦めなかった人……」

「何度振られてもめげずに告白し続けた人。付き合えたけど別れてしまって、それでも復縁するために努力を続けた人。引き裂かれて離れ離れになっても相手を想い続けた人。きっと初恋は、諦めた時が失恋なんです」

振られたかどうかではなく、諦めた時が失恋。

その言葉に、少しだけ胸の痛みが和らいだ。

「だから、一度振られたくらいで諦めちゃダメです。振られたって言っても、もともと仮みたいなものだったんですからなおさらです。一人で振られた気分でいちゃダメですよ」

確かに彩乃ちゃんの言う通り。

諦めるにはまだ早いのかもしれない。

でも――。

「だったらどうして、そんな励ますようなことを言ってくれるの？　彩乃ちゃんにしてみれば、俺の初恋が叶わない方が得なのに」

「確かにその方が私にとっては得だと思います。励まして自分の印象を上げようって思惑がゼロかと言われたら否定できませんし、二人が本当の恋人として結ばれなくてホッとしている自分もいます。でもそれと同じくらい、鳴海先輩の幸せを願ってる自分もいるんです」

「彩乃ちゃん……」

「私が協力することで鳴海先輩の恋が叶うなら協力したい。恋を教えるふりをして付き合って、あわよくば私のことを好きになって欲しい。どっちも嘘じゃない。私がずるいのはわかってます。でも……一パーセントの奇跡を起こすためなら、ずるいと思われたってかまわない」

その言葉には、強い覚悟が感じられた。

「だから私は鳴海先輩を応援しますし、諦めるつもりもありません。二人が付き合っても諦めませんし、他の人と付き合っても諦めません。十年経っても諦めてなんかあげません。もう告白しちゃいましたから、これからはもっと積極的にアピールしていくつもりです」

彩乃ちゃんは悪戯っぽい笑みを浮かべて口にする。

「そう言ってくれるのは嬉しいよ。でも、今はその気持ちに応《こた》えてあげられる気がしない。頑張るだけ頑張らせて……彩乃ちゃんを傷つけてしまうかもしれない。いや、きっと今までだって俺のことを好きでいてくれたのを知らずに恋を教えてくれなんて……傷つけていたと思う」

彩乃ちゃんは申し訳ないことをしていたと思う。

それでも、彩乃ちゃんには悪いけど楓先輩への想いは変わらない。

すると彩乃ちゃんは――。

「大丈夫です――傷つきませんから」

清々《すがすが》しいほどの笑顔でそう口にした。

こんな時におかしいかもしれないけど、その表情を美しいと思ってしまった。

「そもそも、諦められるくらいなら、五年以上も片想《かたおも》いを続けたりしませんよ。これは私と鳴海先輩の勝負です。私が鳴海先輩を好きにさせるのが先か、鳴海先輩が雨宮先輩を好きにさせるのが先か。もちろん、負けるつもりはありませんから覚悟しておいてくださいね」

なんかもう、言葉がない。

俺に彩乃ちゃんほどの覚悟があれば、傷つくこともなかったんだろう。

「ありがとう。少し元気が出たよ」

「元気なんて出さなくていいです」

「え……？」

思いもよらない言葉だった。

「鳴海先輩は頑張りましたよ。初めて恋をして、夢も恋も叶えようと勉強までして、私はその努力を一番近くで見てきました。だから、今くらい泣いたっていいんです。もし泣いている鳴海先輩を笑うような人がいたら、私が代わりにぶっ飛ばしてやりますから」

穏やかな夕日のような温かさに満ちた声音。

必死で支えていた心の壁が優しさで決壊する。

「くっ……ぐふ……」

一度溢れ出した感情は抑えられるはずもない。
嗚咽《おえつ》と共に溢れてくるのは、悲しみか理解を示された喜びか。
わけもわからないまま、俺は彩乃ちゃんにしがみついて声を上げる。
誰もいない公園に、しばらく俺の泣き声だけが響いていた。

九話　まさかの代役

その日、家に帰ったのは日が落ちてしばらく経《た》ってからだった。

楓《かえで》先輩から別れを告げられたショックはすぐに晴れるわけもなく、帰宅後は夕食も食べずにベッドに横になり、そのまま眠ることができないまま朝を迎えた。

失恋のショックで食事も喉《のど》を通らないとよく聞くけど、自分がその立場になって初めてわかる。なにも食べる気にはなれず、無理に食べようとして口に入れても飲み込めない。

それに、寝食を取れなかった理由はそれだけじゃない。

「……ファーストキス、したんだよな」

彩乃《あやの》ちゃんの唇が迫るシーンがフラッシュバックする。

一夜明けた今でさえ、あの生々しい感触が唇に残っているような気がした。

不意打ちのようなキス。

でも、決して嫌な気持ちにはならなかった。

初めてのキスが好きな人とではなかったとしても、慰めでも同情でもない、彩乃ちゃんの心からの想《おも》いが溢《あふ》れていた口づけに、むしろ救われたような気すらしている。

暗闇《くらやみ》の底に堕《お》ちる直前に手を差し伸べられたような感覚。

でも――。

「どんな顔して会えばいいんだ……」

楓先輩にも彩乃ちゃんにも。

学校へ行く準備を済ませたものの、玄関から腰を上げられずにいた。

いっそ休んでしまおうかとそう思った時、不意に玄関のドアが開く。

「おはようございます♪」

「彩乃ちゃん……？」

現れたのは彩乃ちゃんだった。

まるで昨日のキスなんてなかったかのように、いつもの笑顔を浮かべている。

「どうして彩乃ちゃんがうちに？」

「鳴海《なるみ》先輩が落ち込んで学校を休むんじゃないかと思って、迎えに来ました」

なるほど。そういうことか。

「いい勘してる。もういっそ休んでしまおうかと思ってたんだ」

「そんなことだろうと思いました。だてに五年以上も付き合ってませんからね」

彩乃ちゃんは得意そうに言ってみせる。

「さあ、行きましょう」

差し出された手を取り、重い腰を上げて家を後にする。

つい先日まで彩乃ちゃんと登校していたのに、なんだかずいぶん懐かしい気がした。

「気を使わせてごめんな」

「謝らないでください。私が好きでやってるんですから」

「でも、なんだか申し訳なくて――痛い！」

肩をすくめながら口にすると、頬《ほお》を思いっきり抓《つね》られた。

「振られたばかりなんだから元気がなくて当然です。気を使わせて申し訳ないって気持ちもわかりますけど、私がいいって言ってるんだからいいんです。弱ってる時くらい甘えたって誰《だれ》も文句なんていいませんよ。口にするならせめて『ごめん』じゃなくて『ありがとう』にしてください」

「ありがとう……」

「はい。よくできました♪」

昨日あんな情けない姿を見せたのに、こうして変わらず接してくれる。

それだけで嬉《うれ》しかった。

「それに、こうして優しくしておけば私の株も上がりますからね。こうやって着々とポイントを稼ぐ戦略です」

「それ、俺《おれ》に言ったら意味ないんじゃない？」

「気持ちを知られてますから、隠したってしょうがないです。むしろ口にすることでアピールしてることを知ってもらう方がメリットありますからね。どうですか？　傷心中に優しく癒《いや》してくれる可愛《かわい》い後輩にグッときたりしませんか？」

ポジティブすぎて思わず笑みがこぼれる。

「言われなければグッときてたかもね」

「ぐぬぬぬぬ……まぁいいです。今は私のターンですからね」

そんな彩乃ちゃんを見て、改めて変わったなと思わされる。

もう出会った頃の彩乃ちゃんはいないんだろう。

そんなことを思いながら、彩乃ちゃんに引っ張られつつ学校へ向かった。

＊

その日から、彩乃ちゃんは宣言通りに積極的だった。

朝のお迎えだけじゃなく、お昼休みは彩乃ちゃん手作りのお弁当を一緒に食べ、授業が終わると教室まで迎えに来てくれて一緒に帰り、気晴らしに適当なところに遊びに行く。

彩乃ちゃん曰《いわ》く『こういう時は一人でいちゃダメなんです』とのこと。

確かにそうなんだろう。

一人でいると際限なくネガティブな感情が付いて回る。

夜寝る前はもちろん、授業中も身は入らず、お手洗いに入っている時ですら気が付くとため息《いき》を吐《つ》いている。

彩乃ちゃんがいてくれるおかげで、そんな時間はだいぶ少なく済んでいるんだろう。

それでも心が砕けるような切なさは、波のように何度も寄せては返す。

ここままじゃいけないとは思いつつ、だからと言って何もできずに彩乃ちゃんに支えられながら数日を過ごした、ある日の学校帰りのこと。

「さて、今日はどこに行きましょうか！」

彩乃ちゃんがいつものように口にする。

「そうだな……でも、ここ数日でほぼ遊び尽くしたと思うけど」

田舎《いなか》ならではの遊び場が少ない問題。

毎日寄り道していれば、すぐに行き先もなくなる。

「そうですねぇ。とりあえず小腹が空いたのでなにか食べましょう」

彩乃ちゃんに駅の構内にあるクレープ屋に連行される。

お互いに好きなものを頼むと、近くのベンチに並んで腰を下ろした。

「いただきます♪」

やっぱり彩乃ちゃんも女の子らしい。

甘いものを前に目を輝かせながらクレープを口にする。

不意に生クリームが唇に付いているのを見てドキッとしてしまった。

「どうしました？　そんなに私の方ばかり見て」

「あ、いや！　なんでもない！」

まさかキスした時のことを思い出していたなんて言えない。

焦《あせ》る俺を見て不審に思ったんだろう。彩乃ちゃんは唇に付いている生クリームを指で取ってぺろりと舐《な》めると、悪戯《いたずら》っぽい笑みを浮かべて俺の顔を覗《のぞ》き込む。

「もしかして鳴海先輩、思い出しちゃいました？」

「え？　なにを？」

冷静を装うんだけど。

「キスした時のこと」

バレないはずがない。

「なんならもう一回します？」

「なに言ってんの――!?」

「一回も二回も変わりませんよ」

「普通にダメでしょ！」

「普通はダメ？　ああ、そういうことですか」

彩乃ちゃんは納得したように答えると、なぜかもう一度唇に生クリームを付ける。

「はい。どうぞ」

「どういうこと⁉」

「普通はダメって、生クリーム付きの方がいいってことですよね？　他の人だったらちょっとドン引きするような趣味ですけど、私は愛があれば応《こた》える女ですから。さあ、どうぞ」

唇に生クリームを付けながらキス顔が迫ってくる。

変わった性癖に理解がある女の子って最高だよな……って、そういう意味の普通じゃない！

付き合ってないんだからダメだろって意味なんだけど微塵《みじん》も伝わってないらしい。

「冗談はやめなって。それに、人がいるところでするもんじゃないだろ」

「冗談？」

そう口にした瞬間、彩乃ちゃんの顔が不機嫌そうに歪《ゆが》んだ。

「鳴海先輩は私が冗談でキスを許すような女だと思ってるんですか？」

「あ、いや……そういうわけじゃないけど……」

言い訳をするより早く彩乃ちゃんは立ち上がり、俺の手を取った。

「ちょっと付いてきてください」

「どこに？」

わけもわからず手を引かれて駅を後にする。

しばらく歩き、大通りから外れて裏道に入った時だった。

「着きましたよ」

「……着いたって」

目の前にあるのは高校生には早い年齢制限付きの宿泊施設だった。

「さぁ、入りましょう」

「いや、ちょっと待って！」

彩乃ちゃんを引き留めようと伸ばした手を逆に掴まれる。

そのまま部屋まで連行されると、彩乃ちゃんはドアを開けて俺を中へ押し込んだ。

「ちょっ、本当に待って彩乃ちゃん！」

彩乃ちゃんは俺の言葉になんて聞く耳持たず。

ドアが閉まると共に施錠した音が鳴り、なにをやってもドアは開かない。初めて来たからよくわからないが、どうやら一度入ると精算するまで出ることはできないらしい。

振り返って薄暗い部屋を見渡すと、彩乃ちゃんはベッドに座っていた。

「そんなところにいないで座ったらどうですか？」

彩乃ちゃんは落ち着いた様子で隣に座るように促す。

薄暗くてよくわからないが、彩乃ちゃんの頬がわずかに紅潮している気がした。

「……ああ」

ベッドまで行き、彩乃ちゃんの隣に腰を掛ける。

やばい。心臓が爆発《ばくはつ》しそうなくらいバクついていて胸が痛い。

「ご要望通り、人がいないところに来ました。どうぞ」

彩乃ちゃんはそう口にすると、瞳《ひとみ》を閉じて両手を広げる。

「いやいやいや！　やっぱダメだって！」

思わず叫びながら後ずさる。

「なんでダメなんですか？　私がいいって言ってるんだからいいんです」

彩乃ちゃんはそう言いながら、今度はシャツのボタンを外し始めた。

「ちょっと、なにやってんの！」

「鳴海先輩だって興味ないわけじゃないですよね？」

「そりゃ興味はあるけど――じゃなくて、悪い冗談はやめなって。な？」

そう口にすると、彩乃ちゃんは手をぴたりと止めて俺を睨《にら》んだ。

「冗談冗談って……鳴海先輩、私の覚悟を舐めてませんか？」

初めて向けられた怒りに満ちた表情に言葉が詰まる。

いや違う。これは怒りではなく激しすぎる悲しみからだ。

「冗談でもう一度キスしていいなんて言いません。あの告白だって嘘《うそ》じゃありません。それでも冗談や嘘だと思うなら、もうこうするしか信じてもらう方法なんてないじゃないですか！」

「彩乃ちゃん……」

こんな感情的な彩乃ちゃん、初めて見た。

「私だってもう高校生です。五年以上も片想《かたおも》いをする中で、こういうことを想像しなかったわけじゃありません。いつか鳴海先輩とする日が来るのかなって……だから覚悟なんてとっくにできてるんです。鳴海先輩さえよければ、私は喜んで鳴海先輩に抱かれますよ」

彩乃ちゃんはそっと俺に身を寄せてくる。

「それとも、こういうことに積極的な女の子は嫌いですか……？」

女の子にここまで言わせて、俺はどうしたらいい。

この想いを受け止めたら、全部楽になるんだろうか？

彩乃ちゃんのことは嫌いじゃない。好きか嫌いかで言えばもちろん好きだ。

いつも俺の傍《そば》にいてくれた女の子。一緒に夢を見てくれた女の子。俺に好きな人ができた時ですら、自分の気持ちに葛藤《かっとう》しながらも応援してくれた女の子。

こんな子は他にはいないし、きっともう二度と現れることもないと思う。

今の関係を一歩進ませれば、その先には幸せな未来が待っているんじゃないだろうか？

「……ごめん。やっぱりダメだ」

もしそうだとしても、やっぱりダメなんだ。

こんな何もかも中途半端《ちゅうとはんぱ》なまま受け入れることなんてできない。

「正直、そういうことに興味がないわけじゃない。我慢せずに受け入れてしまえば、どれだけ楽になれるだろうって思うよ。彩乃ちゃんの気持ちは嬉しい。でも、俺がダメなんだ……こんな中途半端な気持ちで彩乃ちゃんとそういう関係になったら、きっと後悔する」

我ながら最低なことを言っている自覚はある。

女の子にここまでさせて、恥をかかせるような真似《まね》をしているんだから。

「もうこの際だから本当のことを言うと、彩乃ちゃんのことを意識している自分もいるんだ。最近まで楓先輩のことを好きだって言ってたくせに、自分のことを好きだと言ってくれる子が現れた途端に気持ちが揺れている。我ながら節操がなさすぎて嫌になるけどさ」

「そんなことないです……」

「いつまでも中途半端なままじゃダメなのもわかってる。だから……もう少し待って欲しいんだ。全部にけじめをつけるまで。その結果は、もしかしたら彩乃ちゃんにとって満足のいく答えじゃないかもしれない。それでも、彩乃ちゃんのことは大切に思ってる」

部屋の中に静寂が訪れる。

「わかりました」

しばらくすると、彩乃ちゃんはそう呟《つぶや》いた。

「鳴海先輩の本音が聞けただけで充分です。今日のところはこのくらいで許してあげます」

「あ、ありがとう……」

「でも、私が本気だってことはわかってくださいね」

「うん。わかった」

安堵《あんど》に息が漏《も》れ、お互いに笑顔が戻る。

「でも鳴海先輩、本当によかったんですか?」

「なにが?」

「自分で言うのもなんですけど、もったいないことしたと思いますよ」

「ぐぬ……それはちょっと思ってる」

「なんなら前借りってことで、ちょっとくらいならいいですよ」

「いい!　大丈夫だから!」

さすがにこれ以上迫られたら理性を保てる自信がない。

自制心が効いているうちにホテルを出たい。

「ふふっ。まぁ、その気になったらいつでも言ってください。待ってますからね♪」

そう口にする彩乃ちゃんの表情は、いつもの悪戯っぽい笑顔だった。

*

とにかく今は、後回しにしてきた全てにけじめをつけるのが先だ。

つけるべきけじめとは三つ――楓先輩のことと、彩乃ちゃんのこと。

そして疎《おろそ》かにしていたドラマ制作のこと。

正直なにから手を付けていいか、どうしたらけじめがつけられるかもわからない。

それでもできることから片付けようと、週が明けた月曜日の昼休み――。

まずは司《つかさ》にこれまでのことを話そうと、一緒に旧校舎の屋上に来ていた。

「話ってなんだい？」

「……楓先輩のことで、ちょっとな」

俺がそう口にすると、司は雰囲気で察したんだろう。

目を伏せて小さく頷《うなず》いて見せた。

「結論から言うと……振られたんだ」

「そっか……」

それから俺は、あの公園での出来事を司に説明した。

映画を見た後に、俺がドラマ制作をしたいと思うようになった理由を話したこと。

そのきっかけを与えてくれた女の子が楓先輩だったこと。楓先輩が俺に付き合って欲しいと言ったのは誰でもよかったわけではなく、俺が楓先輩の初恋相手だったから。

楓先輩は俺に気づいていたが、当時のことを思い出させまいと黙ってくれていたこと。

話していると、嫌でもあの瞬間を思い出して心がえぐられる。

説明を終える頃には、喋《しゃべ》るのも苦しいほどだった。

「「……」」

お互いに言葉もなく、しばらく黙り込む。

楓先輩と一緒にお昼を食べていた時と変わらない陽気なのに、妙に寒く感じた。

「……まぁ、正式なお付き合いってわけじゃなかったから振られたってのは違うんだろうけど、楓先輩から関係を終わらせようって言われたんだ。楓先輩は俺が別の誰かを好きだと思ってるから、これ以上迷惑を掛けられないって」

「楓先輩がそう考えるのも無理はないと思う」

「ああ。むしろ優しいと思うよ」

それが余計に辛かったりする。

「最近、彩乃がやたら鳴海と一緒にいるなとは思っていたけど」

「彩乃ちゃんは、俺が振られた現場に居合わせたんだ。俺を心配して、陰ながら見守ってくれてたらしくてさ。それには感謝してる。ただ……」

「ただ?」

この先を話していいのか、一瞬悩んだ。

でも、話せる相手は司しかいないと思うと聞いて欲しかった。

「彩乃ちゃんに告白されたんだ。私じゃダメですかって」

普段冷静な司が珍しく驚きの表情を浮かべる。

「そっか。彩乃が告白ね……」

「正直驚いたよ。俺のことを好きでいてくれたなんて、思ってもみなかったからさ」

「それで？　鳴海はこれからどうするつもりなんだい？」

その問いは、二つのことを意味しているんだろう。

恋のことと、ドラマに出てくれる女優のこと。

「楓先輩と彩乃ちゃんのことは、正直どうしていいかわからない。楓先輩のことはまだ好きだし諦《あきら》められてないんだと思う。でも、なんていうか、その……」

こんなことを言ったら軽蔑《けいべつ》されるだろうか。

「彩乃ちゃんから告白されて、意識しているのも事実なんだ」

ずっと家族みたいに思っていた女の子。

もしくは同じ夢を見てくれている同志ともいえる仲間。

そんな女の子が、五年以上も自分のことを好きでいてくれた。

自分が恋をしたからこそ、その想いの強さを理解できる。自分の想いを押し殺して俺の恋を応援してくれていた時、彩乃ちゃんはどんな気持ちでいたんだろうか。

それでも俺のことを諦めずにいてくれたことを、素直に嬉しいと思っている。

きっと俺は、楓先輩に初めて誰かを好きになる幸せを教えてもらい、彩乃ちゃんから初めて誰かに好きになってもらう幸せを教えてもらったんだろう。

「最低だよな……振られて優しくされたからって、急に意識しだすなんて」

俺の楓先輩への想いはその程度だったのかと自分を責めたくもなる。

「そんなことないさ」

「え……」

「近くで自分を支えてくれた人と結ばれることなんて珍しいことじゃないよ」

司はそう口にした。

「恋をして、恋に破れたからこそ理解できる気持ちもある。なにも恋の形は自分の想いが相手に届くだけじゃない。届けられた思いを受け止める形もある。どっちが正解なんてないさ」

「そう、なのかな……」

「それに、自分を想ってくれていた年下の女の子に『私じゃダメですか?』なんて言われて意識しない男なんていないよ。大抵の男なら、それだけで喜んで受け入れるんじゃないかな」

それはそれで節操ない気もするが……。

正直、そうなんだよなと思ってしまう自分がいる。

「そうだとしても、彩乃ちゃんの気持ちにどう答えていいかわからないんだ。自分の気持ちが揺れていて、この先どうなるかわからない。それでも楓先輩を想い続けるのか、彩乃ちゃんに惹《ひ》かれてしまうのか……それ次第じゃや、彩乃ちゃんを傷つけることになる」

彩乃ちゃんは『傷つきませんから』と言っていたが、たぶんそんなことはない。

恋が誰かを不幸にするかもしれないなんて、思ってもみなかった……。

「誰も傷つけないなんて不可能だよ」

「え……」

「誰かと誰かが結ばれれば、その人を好きだった誰かが心を痛める。その心を痛めた人を好きな人も心を痛める。恋の本質は残酷なものなんだから、誰も傷つけないなんて不可能さ」

確かにそうなんだろう。

いつの時代も恋は美しい側面だけでなく、時に残酷なものとしても描かれてきた。

その両方を一度に見てしまった今だからこそ断言できる。

恋は美しくも儚《はかな》く、時に恐ろしいまでに残酷なんだと。

「……俺の恋の事情はともかく、女優の件はこうなった以上、また一から探さないといけないと思ってる。楓先輩以上の人が見つかるかはわからないけど、さすがに楓先輩も気まずくて受けてくれないだろうからな」

「鳴海は雨宮《あまみや》先輩じゃなくてもいいのかい？」

「……仕方ないだろ」

「鳴海がいいならいいさ。でも、夢に妥協するなんて鳴海らしくないと思ってね」

俺らしくないか……そう思われても仕方ない。

夢は夢、初恋は初恋。

たとえこの恋を叶《かな》えることができないとしても、それが楓先輩に女優をしてもうことを諦める理由にはならないことはわかってる。

「それでも、楓先輩から距離を置いた以上、どうしようもないだろ」

ましてやそれが、俺に対しての優しさなんだから。

「とりあえず女優の件はふりだしだ。演劇部には楓先輩以外に女優を任せられる人はいないし、これ以上演劇部にいても仕方がない。楓先輩に迷惑を掛けたくないし辞めようと思ってる」

「僕は鳴海の選択に任せるよ。ただ、後悔だけはしないようにね」

「ああ。ありがとう」

後悔か……。

正直、どんな選択をしても後悔をしてしまうような気がした。

＊

放課後、俺は久しぶりに進路指導室に向かっていた。

演劇部を辞める以上、顧問である仁科《にしな》先生に了承をもらわなければいけない。

仁科先生はあまり生徒に干渉してこないタイプとはいえ、ここしばらく部活を休んでいた上に突然退部を申し出れば、多少なりとも詮索《せんさく》されるかもしれない。

気が重いが、筋は通さなければと自分に言い聞かせながらドアをノックする。

「失礼します」

中に入ると、いつものように仁科先生が椅子《いす》に座ってこちらに視線を向けていた。

「成瀬《なるせ》か。どうした、女に振られたような顔をして」

俺ってそんな顔してるのか……。

「実はお話があって来ました」

「退部なら次の大会が終わってからにしてくれ」

まるで牽制《けんせい》するかのように釘《くぎ》を刺された。

「どうして退部だってわかったんですか？」

「私が指定した期日内に、雨宮は劇的な変化を見せた。まだ完璧《かんぺき》とは言い難《がた》いが、それでも舞台に立たせることができるレベルにはなった。なにか心理的な変化があったんだろうと思っていたら、一緒に練習をしていたはずのおまえが部活を休むようになり、雨宮は休憩時間にため息ばかり吐いている。何かあったんだろうとバカでも気づくさ」

「…………」

図星すぎて言葉もない。

「おまえが辞めたいと言うのなら止めはしない。女とひと悶着《もんちゃく》あって部活を辞めるのも、ある意味青春だろう。だが、今は春季大会を控えている。いくら半分幽霊部員のおまえでも、この時期に辞められると部員の士気に関《かか》わる」

仁科先生の言うことはもっともだ。

「それに、成瀬には撮影担当という役割もあるしな」

俺の都合で入部して、俺の都合で退部するのはあまりにも自分勝手すぎる。

けじめをつけたいというのなら、せめて春季大会までは協力するべきだろう。

「わかりました。春季大会が終わるまでは協力します」

「よし。じゃあ今から体育館に行くから付いてこい。今日から本番に向けて最後の調整。通し練習を撮影して欲しい」

「はい」

俺と仁科先生は進路指導室を後にして体育館に向かう。

しばらく黙って仁科先生の後ろを歩いていると、ふと声を掛けられた。

「さっきは辞めたいのなら止めないと言ったが……」

「はい」

「本音を言えば、成瀬には辞めて欲しくないと思っているよ」

「……どうしてですか？」

「雨宮のためだ」

意外な一言だった。

「雨宮はおまえと練習をするようになってから変わった。おまえも練習に付き合っていたなら気づいたはずだ。雨宮の致命的な欠陥は、扱いようによっては唯一無二の才能になる」

「それは……俺もそう思います」

「どうやったかは知らないが、おまえは雨宮の才能の片鱗《へんりん》を見出してみせた。それは誰にでもできることじゃない。人を変えるのはいつだって人との出会いだが、一生の中で自分を変えてくれるような相手に出会える奴《やつ》は少ない。出会えない奴の方が多いんだ」

仁科先生は立ち止まって振り返る。

「雨宮にとって成瀬はそういう男なんだろう」

「……」

返す言葉がなかった。

そんなの、俺にとっての楓先輩だってそうだ。

「仁科先生にも、そんな出会いがあったんですか?」

「ああ。あった」

仁科先生は珍しく懐かしそうな表情を浮かべる。

「だが私は、たった一度や二度のすれ違いで全《すべ》てを捨ててしまった。歳《とし》をとれば笑い話だが、あの時、もし手放していなければと思うと未《いま》だに後悔の念は捨てきれない」

「仁科先生でも、後悔することがあるんですね……」

「おまえは私をなんだと思っているんだ」

「デビューが決まってるのに監督を殴って辞退するような人ですから、後悔なんてしないタイプだと思っていました」

「セクハラ監督を殴ったことは後悔してないが、二十六年も生きていれば後悔の一つや二つない方がおかしいさ。昔語りをするつもりはないが、おまえも同じ思いをしたくなかったら、せいぜい悩んでせいぜいあがけ。がむしゃらにひたむきに」

「先生も案外、青臭いことを言う時があるんですね」

「青臭い？　青臭さ上等じゃないか。人は青臭さを捨てた時に歳をとる。捨てない限り私の気持ちは十七歳。いつだって、夢を叶えてきたのは最後まで青臭さを捨てなかった奴なのさ」

仁科先生は珍しく笑いながら口にする。

いつもなら突っ込みの一つも入れるところだけど、今はそんな気分にならなかった。

「さあ、無駄話はここまでだ」

体育館に到着した俺たちは扉を開けて中に入る。

すると、既に部員たちはみんな揃《そろ》って準備運動をしていた。

その中には当然、楓先輩の姿もある。

こうして顔を合わせるのは、あのデートの日以来。

楓先輩は俺に気づくと、少し焦ったような様子で顔を背《そむ》けた。

仕方のないことだが、そんな仕草の一つすら心にダメージを与えてくれる。

「よし。練習を始めるぞ」

仁科先生の一声で部員たちが準備を始める。

それぞれが配置に就くと仁科先生の合図と共に練習が始まり、俺はビデオカメラのボタンを押し、その様子の撮影を始めた。

舞台の上で物語は順調に進む。

ヒロインを演じる楓先輩と主人公を演じる男子部員。

運命的な再会を果たした二人が徐々に心を通わせていき、やがて残酷ともいえる別れに直面する物語。最初に台本を目にした時以上に感情を揺さぶられるのはなぜだろうか。

楓先輩が多少なりとも恋するヒロインの気持ちを理解できたからか。

それとも物語上の二人に、自分と楓先輩を重ねて見てしまっているせいか。

そして物語後半の山場、ヒロインと主人公の別れのシーンを迎える。

わかっていても見ているのが苦しい。

そう思った時だった。

舞台袖《そで》から物音がすると同時、なにやらざわつきだした。

「……どうした？」

仁科先生が険しい表情をして舞台上を見据える。

台本通りであれば、ここで一度はけた主人公が舞台に上がるシーン。だが男子部員は現れず、少しすると舞台上が慌ただしくなり、部員たちは舞台袖に視線を向けている。

席を立ち舞台袖に向かう仁科先生の後に続く。

「なにがあった」

そこには、座り込んで足を抱える主人公役の男子部員の姿があった。

「袖にはける時、入れ替わりで舞台に上がる生徒と接触して……」

「怪我《けが》をしたのか？」

「倒れる時に足首を派手にひねってしまって……」

男子部員は苦悶《くもん》の表情を浮かべながら答えた。

「立てるか？　私に摑《つか》まれ」

仁科先生は男子部員に肩を貸して立ち上がらせる。

「私は今から病院へ連れていく。おまえたちは練習を続けろ」

そう口にすると、体育館を後にした。

残された部員たちは誰もが不安そうな顔を浮かべて言葉を失くす。

練習を続けろと言われたところで、誰もそうしようという気にはなれなかった。

すると、しばらくして一人の女子部員がポツリと呟く。

「もし彼が舞台に立てなかったら、大会はどうなるの？　……今週末だよ？」

「「……」」

さらに重苦しい空気が漂う。

今週末に春季大会を控えている今、代役を立てても間に合うはずがない。

誰もがそう思い、ただただ時間だけが過ぎていった。


「待たせたな」

仁科先生が学校に戻ってきたのは一時間後。

部活動の終了時間が迫ってきている時だった。

「先生、彼の具合は……？」

楓先輩が尋ねると、仁科先生は小さく嘆息して首を横に振った。

「医者が言うには全治一週間だそうだ」

「一週間なら、治りが早ければ間に合うかも」

一人の生徒が期待を込めて口にすると、仁科先生は厳しい口調で言葉を返す。

「部活動が学校教育の一環である以上、医者の言うことは絶対だ。たとえ本人が大丈夫と言ったところで舞台に立たせるわけにはいかない。一週間は部活に参加もさせられない」

仁科先生の判断は教育者としては当然だろう。

ただ、部員たちの気持ちがそれで収まるはずもない。

「じゃあ、どうすれば……今から主人公役を代えて上手《うま》くいくとは思えないです」

「今から変更なんて無理だよ……」

部員たちからネガティブな声が上がってやまない。

「一年でも二年でもいい、主人公の台詞《せりふ》を覚えている奴はいるか？」

三年生の男子部員は全員役をもらっている。

仁科先生は役をもらえずに裏方に回っている部員に尋ねるが答える生徒はいない。

物語の流れは押さえていても、出番がないのに台詞を正確に覚えている人はいないだろう。

仮にいたとしても、あまりにも荷が重すぎて手なんて挙げられるはずもない。

今から台詞を覚えるにしても、主人公は他の役に比べて台詞量が多い。台詞だけならともかく舞台上での立ち回りやヒロインとの絡《から》みまでとなれば、とても間に合うとは思えない。

仁科先生はしばらく腕を組んで考え込む。

「主人公だけ挿《す》げ替えられれば一番だったが……仕方がない。一番台詞の少ない役を控えの部員にやってもらい、三年の男子部員の中から改めて主人公を決めよう。何人か役をシャッフルすることになるが、他に選択肢がないからな」

ここまで来て、積み上げてきたものを壊さなければいけない。

誰もが絶望的な状況に言葉を失っている時だった。

「一人、います」

沈黙を破ったのは楓先輩だった。

「三年生以外で、主人公の台詞を完璧に覚えている人が一人います」

「誰だ？」

「……鳴海君」

「――え？」

楓先輩が答えると当時、その場にいる全員が俺に視線を向けてきた。

楓先輩は事情を知らない部員たちに説明するように続ける。

「ずっと鳴海君に練習相手になってもらっていたの。早い段階からお互い台本なしで練習してきたから、鳴海君は台詞を完璧に覚えてる。舞台での動きも大体は把握してるはず」

「ちょ、ちょっと待ってください――⁉」

思わず両手を掲げて話を遮《さえぎ》る。

「確かに練習に付き合っていたので台詞は覚えています。でも、俺に演技なんて無理です」

「お願い鳴海君。他に演じられる人がいないの」

楓先輩の真剣な瞳が俺を見つめる。

「それに私……鳴海君が相手ならヒロインを演じられる気がするの」

「楓先輩……」

部員たちの切実な期待が圧《の》し掛かる。

「成瀬、どうするかはおまえに任せる」

「仁科先生まで……」

どうする？

どうしたらいい？

確かに台詞を覚えているとはいえ、演技なんてしたことがない。

当然、舞台に上がったことはなく、人前で演じることができるとは思えない。しかも主人公なんて大役ならなおさらだ。想像しただけで緊張と不安で足が震えそうになる。

でも、俺が断ったら三年生たちの晴れ舞台が台無しになってしまうかもしれない。

楓先輩の努力が実を結ぶことはなく、せっかく恋するヒロインを演じるきっかけを摑んだのに無駄になるかもしれない。立場は違うとしても、同じ物語の世界を歩む者として、それがどれだけの損失かは理解しているつもりだ。


……やるしかない。

俺が振られたとか関係ない。

俺はあの才能を、こんな形で埋もれさせたくない。

ここで断ったらドラマの監督をやりたいなんて口が裂けても言えないだろ。

「わかりました。やります」

楓先輩が『俺が相手ならヒロインを演じられる気がする』と言った理由はわからない。

それでも最後に、初めて恋をした人の力になりたいと思った。

「鳴海君……ありがとう」

楓先輩の切実な言葉が耳に響く。

「そうと決まればすぐに練習を再開しよう。残り時間も少ないが、やれるところまでやる」

仁科先生の言葉に部員たちが慌ただしく動きだす。

大会まで残り六日――。

できる限りのことをしようと誓った。

十話　想いは現在進行形

Sukinako ni furaretaga,
Kohaijyoshi kara
"Senpai, Watashijya
dame desuka?"
to iwaretaken

翌日から猛練習が始まった。

時間が限られている中、わずかな時間も惜しいということで急遽《きゅうきょ》朝練も開始。

朝の七時から授業開始まで練習し、お昼休みも練習し、放課後は下校時間のぎりぎりまで練習を繰り返す。全部員が一丸となって舞台の再構築のために時間を惜しんで練習をする。

幸い楓《かえで》先輩と練習をしていたことで台詞《せりふ》は頭に入っている。

とはいえ、舞台上での立ち位置や動きは別。

台詞を読むだけじゃなく観客に見せることを意識しなければならないとなると、覚えている台詞すら頭から飛んでしまうこともあり、見ているだけではわからなかった難しさを痛感。

いや、難しいことはわかっていた。

それだけ役者というものが特別な能力を必要とすることは知っていた。

だが、いざやってみると想像を遥《はる》かに超える難しさだっただけの話。

それでも音を上げるわけにはいかない。

引き受けた以上、必ずやり遂げなければいけない。

俺《おれ》のために時間を割いて練習に付き合ってくれる部員たちのためにも、やれるだけやってダメなら仕方がない――なんて気持ちには微塵《みじん》もなれなかった。

「よし。十分休憩しよう」

放課後、ぶっ続けで練習をしていると仁科《にしな》先生が練習を止めた。

「ふぅ……」

朝も昼も夜も練習となればさすがに疲れる。

でも、今の自分には休憩の十分すら惜しい。

「楓先輩、俺、どうですかね」

「うん。少しずつよくなってるよ」

あれだけ気まずかったのに、不思議と今は気まずさを感じずにいた。

たぶん、練習に必死でそれどころじゃなくなっているんだろう。

何かに集中することで、雑念が振り払われていくような感覚を覚えていた。

こんな機会でもなければ、二度と話す機会もなかったかもしれない。

「ごめんね。私が無理を言ったせいで」

「楓先輩のせいじゃないです。やると決めたのは俺ですから」

「私からあんな風に別れを切り出したのに、都合のいいお願いだよね……」

胸を襲う痛みを振り払う。

「もしかしたら、鳴海《なるみ》君を傷つけて――」

俺は手を掲げて楓先輩の言葉を遮《さえぎ》った。

「俺のことは大丈夫です。もし楓先輩が話したいならちゃんと聞きますけど、それはまた今度にしましょう。それよりも教えてください。楓先輩の経験上、俺は間に合いそうですか？」

「それは……」

楓先輩は顔を曇らせる。

無言が俺の問いを否定していた。

「……楓先輩、部活が終わった後時間ありますか？」

「え？　うん。時間は大丈夫」

「申し訳ないんですけど、終わってからも練習に付き合ってもらえませんか？」

「それはもちろんいいけど……」

「なにか不都合でも？」

「ううん。ただ、お願いした私がこんなことを言ったら失礼かもしれないけど、鳴海君がそこまで本気で取り組んでくれるとは思ってなかったから……どうしてそんなに頑張れるの？」

「どうして……」

その答えは、主人公を演じようと決めた時にわかっていた。

「俺はただ、もう一度、楓先輩が舞台に立つところを見たいんです」

恋だの愛だの、そういうのを全部取っ払ったとして。

この初恋が報われても報われなかったとしても、もう一度見てみたい。

「あの日……新入生歓迎会の日、俺は楓先輩の才能に惚《ほ》れたんです。この人をヒロインにドラマを撮れば必ずいいものができる。そう思った自分の直感を信じたいんだと思います」

「鳴海君……」

そうこうしているうちに十分が経過。

仁科先生の呼びかけで練習が再開する。

「終わったらどこで練習しようか」

「うちの古民家スタジオでやりましょう。周りに住宅はないから近所迷惑にはならないし、部屋は狭いですけど庭は広いですし、撮影用の照明があるので暗くなっても問題ありません」

「わかった」

こうして俺たちは練習を再開する。

もう、頭の中から雑念は消え去っていた。

*

部活を終えた俺たちが古民家スタジオに着いたのは十九時半を過ぎていた。

すぐに練習をしようとビデオカメラを取りに中へ入ると、彩乃《あやの》ちゃんと司《つかさ》の姿があった。

「二人とも、まだいたのか」

「うん。そろそろ帰ろうと思っていたところだけどね」

司はそう言いながらパソコンを閉じる。

「鳴海先輩こそ、こんな時間にどうしたんですか？」

「それは……」

なにから話したらいいだろう。

二人は俺と楓先輩の事情を全《すべ》て知っている。

協力することにしたと聞いたら、どんな反応をするだろうか。

「……」

「鳴海先輩？」

いや、いい。

全部、正直に話そう。

「今週末にある演劇部の春季大会で、主人公をやることになった」

「「え？」」

わけがわからないといった様子で困惑の色を浮かべる二人。

「どういうことですか？」

「主人公役の男子部員が怪我《けが》をして、代役を頼まれたんだ。自分でもなにやってんだって思うけど、舞台を成功させるには他に方法がなかった。時間がないから楓先輩と二人で練習しようと思って来たんだ」

「「……」」

二人は口を閉ざす。

その沈黙が、二人の心情を表していた。

「わかった。僕も付き合うよ」

「いいのか?」

「ここに来たってことは、撮影しながら練習するつもりだったんだろ? だったら撮影する人が必要だ。僕がやるよ」

「ありがとう」

すると司は彩乃ちゃんに視線を向ける。

「彩乃はどうする?」

「私は……」

彩乃ちゃんはじっと俺を見つめる。

その瞳《ひとみ》から、目をそらしてはいけないと思った。

「私も協力します」

「……二人ともありがとう」

こうして俺たちは四人揃《そろ》って練習を開始する。

後にして思えば、これがラビットハウスメンバー全員揃っての初めての撮影だった。

＊

司と彩乃ちゃんの協力の下、楓先輩との練習を繰り返して迎えた週末。

俺たちは大会会場となる市の文化会館に足を運んでいた。

会場内は他校の生徒たちで溢《あふ》れ、独特の緊張感に包まれていた。

うちの学校の順番は三番目。順番が遅い学校は出番まで客席で鑑賞することができるらしいけど、俺たちは出番が比較的早いこともあり早々に控え室に通された。

部員たちは既に衣装に身を包み、各々に気持ちを落ち着かせようとしている。

ギリギリまで台本に目を通す男子部員、ひたすらに深呼吸を繰り返す女子部員。緊張のせいだろうか、何度もお手洗いに足を運ぶ部員の姿もあった。

そんな中、俺はどうかというと。

「はぁ……」

今までの人生で吐いたことがないような深い息が漏《も》れる。

初めての大舞台というのは、ここにいる誰《だれ》もが同じ。

でも、俺は他の部員に比べ、全てにおいて経験値が圧倒的に足りない。

緊張を自信に昇華できるほどの経験はないし、裏付けされた実力もない。それ以前に、今まで人前に立つようなこともなかった。目指している夢だって、いわば裏方のような場所。

それでも主人公を引き受けた以上、足を引っ張るわけにはいかない。

背負いきれない責任感が自分を追い込んでいく。

ダメだ。緊張と不安で血の気が引いていく——。

「……え？」

頭の中が真っ白になりかけた時だった。

色を失いかけた視界に、彩りと共に温《ぬく》もりが訪れる。

視線を落とすと、冷たくなった俺の手を楓先輩が握りしめていた。

「大丈夫だよ」

穏やかな声音《こわね》に、我に返ったような気がした。

「鳴海君は大丈夫」

「楓先輩……」

「鳴海君がこの短期間でどれだけ頑張ったかは、私が一番知ってる。舞台の上では私だけを見てくれていれば絶対に大丈夫。それでもなにかあった時は、私がなんとかするから安心して」

「……はい」

なんて心強い言葉だろうか。

どんなドラマの主人公の台詞でも、ここまで頼もしいと感じた言葉はない。

答えるように楓先輩の手を握り返した時だった。

控え室のドアが音を立てて開く。

「出番だ。準備と覚悟はできているな？」

そう口にする仁科先生に、部員たちが各々に頷《うなず》いて見せる。

俺たちは仁科先生の後に続き、控え室を後にした。


それからのことは、ほとんど覚えていない。

無我夢中で、とにかく舞台を成功させることに必死だった。

楓先輩に導かれ、他の部員たちに支えられ、幾度となく出番を繰り返して主人公を演じる。

物語は順調に進み、いよいよ一番の盛り上がりを見せる場面に差し掛かる。

何度となく二人で練習を繰り返した、ヒロインが愛の告白をするシーン。

初めて楓先輩と読み合わせをした時、あまりの酷《ひど》さに言葉を失った。練習を繰り返していくうちに楓先輩はわずかながら恋心を思い出し、徐々に演技は良くなっていった。

その後、関係の解消を提案されて練習は打ち切り。

楓先輩は一人で練習をしていたらしいけど、俺が主人公を演じることになって練習を再開しても楓先輩の演技に大きな変化はなく、今日まで完璧《かんぺき》にヒロインを演じきれてはいない。

つまり、最大の盛り上がりを見せる山場にして、最も懸念《けねん》のあるシーン。

俺は舞台の中央に立って楓先輩と見つめ合う。

奇跡でもなんでもいい。

たった一度でいいから、楓先輩にとって最高の演技を。

神に祈るような気持ちで願った時だった——。


「初めて会ったあの日から、きっと私はあなたに恋をしていました」

全身を感じたことのない感覚が貫く。

初めて楓先輩の演技を目にした時とは比べものにならない衝撃。

魅せる表情も、わずかに震える声音も、その身に纏《まと》う緊張感も、その全てがこれまでの比じゃない。

「再会できた時、この出会いを運命だと信じて疑いませんでした」

この台詞は……本当に演技だろうか？

彩乃ちゃんの告白に勝るとも劣らない迫力に、俺の感情まで引っ張られていく。

「俺も同じ気持ちです。これが運命じゃなかったら、なにを運命と呼べばいいのか」

役としての台詞が、まるで自分の本心のように口から溢れる。

幼かったあの頃《ころ》——深い悲しみの底で楓先輩に手を差し伸べられ、夢を持つことができるようになったあの日から、楓先輩のことを忘れたことはなかった。

再会できた時、運命だと信じて疑わなかった。

自分の感情が、演じている主人公の気持ちと重なっていく。

直感で理解した。

理由はわからないけど、楓先輩はこの本番で完璧に恋心を理解した。

でなければ、俺の感情まで巻き込むほどの演技ができるはずがない。

「あなたのことが好きです。もう二度と、どこにも行かないでください」

その言葉に応《こた》えるように、俺は台本にないのに楓先輩を抱きしめる。

それが演技としての演出なのか、溢れ出る想いからなのか、自分でもわからない。

ただ心の思うままに、抱きしめずにはいられなかった。

＊

こうして物語は進み、俺たちの初めての大舞台は幕を下ろした。

大会を終えた俺たちは、学校に戻り部室で打ち上げをしていた。

結果から言っておくと、俺たちは二位で春季大会を終えた。

大会が終わった直後、部員たちの反応は様々だった。

二位で悔し涙を流す部員もいれば、やりきった表情を浮かべる部員もいる。

いつからか、ヒロインとしてみんなの中心的存在になっていた楓先輩は、そんな部員たちを励まして回っていて、結果に対して心の中でどう思っているかはわからなかった。

そんな中、俺は責任を感じていた。

「二位か……」

主人公が俺でなければ違った結果になったんじゃないかと思わずにはいられない。

部員たちが気持ちを切り替えて打ち上げを楽しんでいる最中ですら気分が乗らない。

みんなは代役を引き受けた俺にお礼を言ってくれたが、とてもじゃないがそれを素直に受け止めることはできず、いたたまれなくなった俺は一人、旧校舎の屋上へと足を運ぶ。

「……現実は、そう甘くはないよな」

所詮《しょせん》は付け焼刃。

主人公の代打なんて俺には荷が重かった。

そう思えたら、どれだけ心が楽になるだろうか。

「俺のせい――」

悔しさに叫びそうになった時だった。

「ここにいたんだね」

何度も耳にした穏やかな声に冷静さを取り戻して振り返る。

すると、そこには風でなびく髪を押さえる楓先輩の姿があった。

「部室にいないから探したんだよ」

「打ち上げを楽しむ気分になれなくて……」

申し訳なくて楓先輩の顔を直視できない。

「すみませんでした……俺のせいです」

「ううん。そんなことない」

楓先輩は即答した。

「鳴海君は経験がなかったのに精いっぱい頑張ってくれた。舞台の上でも、素晴らしい演技をしてくれた。相手役をやった私が言うんだもの、間違いないよ。代役が鳴海君じゃなかったら、きっと二位にもなれてなかったはず。みんなもそう思ってるよ」

お世辞を素直に受け取るほど俺は無邪気じゃない。

「今だって、みんなに今日の主役がいないから探してこいって言われてここに来たんだよ。みんな鳴海君に無理をさせたって思ってるから、お礼を言いたいんだと思う」

そう言ってくれているとしても、みんなに合わせる顔がない。

　重い空気に、しばらく風の音だけが辺りを包んでいた。

「そんなに気に病まないで。これが最後ってことでもないんだから。本番は夏休みに行われる全国演劇大会に向けた地区予選。自分たちの実力がわかっただけでも意味はあったもの」

「それでも一位を取りたかった……」

　最後に初めて好きになった人の力になりたかった。

「一位じゃなくてもいいじゃない」

　そんな俺の想いとは裏腹に、楓先輩はそう口にする。

「確かに順位は高い方がいいよ。でも、順位が全てじゃない。自分が納得できる演技ができるかどうかだと思う。少なくとも、私は今までで一番納得のいく演技ができたよ。それに――」

　楓先輩は続ける。

「一位じゃなかったら終わりなんてつまらないよ」

「つまらない……？」

「鳴海君の夢はなに？」

「俺の夢は……ドラマを撮って動画サイトで公開して、大勢の人に感動してもらうこと」

　楓先輩は頷く。

「もしそのドラマが評価されなかったら、鳴海君は諦《あきら》める？」

「いえ……」

「他にも同じようにドラマを上げる人がいて、その人に負けたら鳴海君は夢を諦めるの？」

「いえ。諦めません。もっと面白《おもしろ》いドラマを撮ると思います」

「私も一緒。いつか女優になるためにオーディションを受けて、結果が二位でも三位でも夢が終わるわけじゃない。夢はね、諦めた時に終わるんだよ」

その言葉を聞いて、彩乃ちゃんの言っていた言葉が頭をよぎる。


『きっと初恋は、諦めた時が失恋なんです』


同じだと思った。

恋も夢も、諦めない限り終わらない。

何度振られても、何度結果が出なくても、追い続ける限り終わることはない。

人の歩みを止めるのは絶望ではなく、諦めという自分の意思なんだろう。

「なんだか少し、肩の荷が下りたような気がします」

「そう？　それならよかった」

楓先輩はそう言って笑顔を浮かべた。

「それと、鳴海君のドラマの件なんだけど、約束通り出演させてもらうね」

「え？」

「約束だったでしょ？　私が恋するヒロインを演じられるようになったら出演するって」

「そうですけど……いいんですか？」

もうその話はなかったことになったと思っていた。

「鳴海君と恋人として過ごすうちに、少しずつ当時の想いを思い出していたの。でも、今日の今日まで全てを思い出すことはできてなかった。でもね……舞台の本番、鳴海君とステージ上で向かい合った時。あのシーンを迎えた瞬間に、ようやく思い出せたの」

楓先輩はわずかに瞳を潤ませる。

「あの頃、私がどんな想いで鳴海君と一緒に過ごしていたのか。鳴海君のどんなところに惹《ひ》かれて好きになったのか……そしてその想いが、決して過去形じゃなかったことも。まるで心の底で眠っていた感情が、あの舞台をきっかけにようやく目を覚ましたような気がしたんだ」

「楓先輩……」

「どうして忘れていたんだろう。こんな素敵で大切な想いだったのに……忘れることも諦めることもできるはずなんてないのに」

宝物を抱きしめるように両手を胸に当てる。

もう二度と手放さないと言わんばかりに。

いや、それよりも——。

「過去形じゃなかったって、どういう意味ですか？」

そう尋ねると、楓先輩は慌てた様子で視線を背《そむ》けた。

「と、とにかく、鳴海君との約束はちゃんと守るから」

くるりと振り返って俺に背を向け。

「じゃあ、早く部室に戻ってきてね」

それだけ口にすると、小走りで屋上を後にした。

残された俺は、言葉の意味を考える。

「いや、まさか……そんなこと……」

頭をよぎる一つの可能性。

俺は自分の考えを肯定できず、しばらく一人立ち尽くしていた。

エピローグ

舞台を見終えた私は、学校へ戻って打ち上げをしている鳴海《なるみ》先輩を迎えに行った。

大会後、鳴海先輩から打ち上げがあるから先に帰っていてくれと言われたけど、あんなものを見せられたら、とても鳴海先輩を置いて先に帰る気にはなれない。

何故《なぜ》なら、私はかつてないほどに心中穏やかでいられなかったからだ。

学校に着いて部室に直行すると、盛り上がる部員たちの中に鳴海先輩の姿はなかった。

きっと旧校舎の屋上にいるんだろうと思い、向かいながら舞台のことを思い出す。

雨宮《あまみや》先輩がステージの上で口にした言葉は、ヒロインとしての台詞《せりふ》じゃない。

あれは雨宮先輩の本心、恋心の表れそのものだった。

私だから……同じ人に恋をしている私だけがわかる。

雨宮先輩が鳴海先輩を見つめるその瞳《ひとみ》の優しさも、恋するヒロインをあれだけ素晴らしく演じることができたのも、本番で鳴海先輩への恋心をはっきりと思い出したからだろう。

それが結果として、舞台の成功へと繋《つな》がった。

屋上へ着くと、やっぱり鳴海先輩の姿があった。

声を掛けようとした瞬間、階段を上ってくる足音に気づき、咄嗟《とっさ》に昇降口の裏に身を隠す。

その直後に現れたのは雨宮先輩だった。

私は隠れたまま息を殺して二人の話に耳を傾《かたむ》ける。

そうして聞かされたのは、少し遠回しな雨宮先輩の告白だった。

しばらくして屋上を去っていく雨宮先輩。

驚きに立ちすくむ鳴海先輩の姿を見て思う。


——いずれ、こうなることはわかっていた。


雨宮先輩の存在が、私と鳴海先輩の関係に一石を投じるような確信にも似た予感。

鳴海先輩と雨宮先輩が付き合い始めた時、激しい嫉妬《しっと》を覚えると同時、いずれこの二人が魅《ひ》かれ合うのは間違いないだろうという自分にとって最悪のシナリオが頭に浮かんだ。

決定的だったのは、古民家スタジオで初めて一緒に練習した時。

あの時、雨宮先輩は鳴海先輩の優しさに触れて恋心を思い出し始めたんだろう。

雨宮先輩が鳴海先輩に別れを切り出した『本当の理由』も、それがきっかけだったはず。

鳴海先輩への恋心を思い出しかけていたけど、鳴海先輩には他に好きな人がいると勘違いしていた雨宮先輩は、今さら自分の想《おも》いは報われないと思った。

だから、もう一度好きになってしまう前に別れを切り出した。

でも、恋心を思い出してしまえば諦《あきら》めることなんてできるはずがない。

きっと雨宮先輩は、これからどんどん鳴海先輩への想いを募らせていくはず。


全《すべ》てが現実になったからって、必要以上に動揺することはない。

むしろここまでは想定していた通りなんだから。

むしろ雨宮先輩の存在は、停滞していた私と鳴海先輩の関係を進めてくれた。

雨宮先輩が現れなければ、きっとこの先もずっと、私と鳴海先輩の関係は変わらなかった。

五年七ヶ月も変わらなかった私たちの関係を進めてくれたことには、むしろ感謝している。

だったら私は、この状況を利用させてもらうだけ。

鳴海先輩が楓先輩の想いに気づく前に好きにさせてみせる。

私と鳴海先輩の間には、それを叶《かな》えるに足る思い出と積み重ねがある。

それに、恋愛初心者の二人はわかっていない。

恋をした女の子が、どれだけ健気《けなげ》で一途で、恐ろしいのかを。

私は私のやり方で、雨宮先輩にはできない方法で、この恋を成就《じょうじゅ》させてみせる。

——長年片想《かたおも》いをし続けた女の子の本気を見せてあげる。

そう心の中で呟《つぶや》いた。

あとがき

みなさん、こんにちは。柚本悠斗《ゆずもとはると》です。

九月に新作『クラスのぼっちギャルをお持ち帰りして清楚系美人にしてやった話』を刊行した二ヶ月後に今作を発売することになり、驚かれている方もいるかと思います。

ぶっちゃけ私も驚いています。まさかこのタイミングで二シリーズ目を始めるとは思いませんでしたが、ぼっちギャルに続いて今作も応援していただけると嬉しいです。

ちなみに来月、ぼっちギャルの二巻が出ますのでよろしくお願いします。

さて今作『好きな子にフラれたが、後輩女子から「先輩、私じゃダメですか……?」と言われた件』ですが、実は企画を立ち上げたのは二〇一九年の十二月でした。

かれこれ二年も前の話で、当然、ぼっちギャルよりも前に作った企画だったわけです。では何故そんなに時間がかかったのかというと……何故でしょうね。わかりません。

時の流れが早すぎて覚えてないですが、きっと忙しかったんだと思います（汗）。

そんな今作ではありますが、内容についてはデビュー作の『彼女と彼女の下着事情。』であったり『学園交渉人』であったり、当初の柚本らしい作品になったと思っています。

その頃から追いかけてくれている人にとっては少し懐かしい作風かもしれませんが、作品に載せた熱量は過去作以上に高くなっているので、ぜひ楽しんでいただければ幸いです。


続いて謝辞です。

イラストをご担当いただいたにゅむ様。

素敵なイラストを描いていただき、ありがとうございました。

あれこれ細かなお願いばかりしてしまいましたが、完璧にご対応いただいて感謝しております。二巻以降も、彼らの青春模様に美しいイラストを添えていただけますと幸いです。

引き続き、よろしくお願いいたします。

最後に、いつもお世話になっている担当氏、編集部の皆様。先輩作家の皆様。

なにより手に取ってくださった読者の皆様、ありがとうございます。

また次巻——の前に、ぼっちギャルの二巻でお会いできれば嬉しいです。

ファンレター、作品の
ご感想をお待ちしています

〈あて先〉

〒106－0032
東京都港区六本木2－4－5
SBクリエイティブ（株）
GA文庫編集部 気付

「柚本悠斗先生」係
「にゅむ先生」係

本書に関するご意見・ご感想は
右のQRコードよりお寄せください。

※アクセスの際や登録時に発生する通信費等はご負担ください。

https://ga.sbcr.jp/

好《す》きな子《こ》にフラれたが、後輩女子《こうはいじょし》から「先輩《せんぱい》、私《わたし》じゃダメですか……？」と言《い》われた件《けん》

発　行　2021年11月30日　初版第一刷発行

著　者　柚本悠斗
発行人　小川　淳

発行所　SBクリエイティブ株式会社
〒106－0032
東京都港区六本木2－4－5
電話　03－5549－1201
03－5549－1167（編集）

装　丁　AFTERGLOW

印刷・製本　中央精版印刷株式会社

ISBN978-4-8156-0962-7
Printed in Japan

GA 文庫